Über den Berg

Für „Schwester" Anne, meine treueste und beste Freundin

Marion Claudia Waitz

Über den Berg

Krebs – mein steiniger Weg bis zur Heilung

Bibliografische Information der Deutschen Nationalbibliothek:
Die Deutsche Nationalbibliothek verzeichnet diese Publikation in der Deutschen
Nationalbibliografie; detaillierte bibliografische Daten sind im Internet über http://
dnb.dnb.de abrufbar.

© *2015 Marion Waitz*
Illustration: **Marion Waitz**
Satz, Umschlaggestaltung, Herstellung und Verlag:
BoD – Books on Demand, Norderstedt
ISBN: 978-3-7392-6659-6

Inhalt

Über den Berg!	9
Warum ich dieses Buch schreibe	13
Wie alles begann	15
Ein kurzer Exkurs zum Blut	17
Jetzt begannen die schulmedizinischen Untersuchungen	18
Der Tag der Offenbarung	19
Der Lymphknoten wurde am 23. Mai 2006 entfernt	22
Dies war nun mein Weg	28
Meine Zeit in der Praxis S.	30
Die Crux mit dem Krankengeld	34
Im Jahr 2007 krebsfrei?	37
Ein herber Rückschlag	39
Ernährung und Geist, wichtig zur Gesundung?	43
Das Jahr 2010	49
Nun wieder zu mir	52

Das Jahr 2012 – eine atemlose Zeit	57
Lag ich meiner Mutter so sehr am/auf dem Herzen?	59
Meine erste Chemotherapie	66
Ein kurzer Exkurs zum Krankenhaus	71
... zurück zu meiner ersten Chemo	73
Mein erstes Gespräch mit Herrn Prof. B	79
Der 2. DHAP-Zyklus	81
Ein paar Sätze zur Chemotherapie	85
Mein erster Termin in der Uniklinik	88
Der 2. Termin bei Herrn Prof. B.	91
Meine Blutstammzellen-Sammlung	95
Die 3. DHAP	97
Im Ambulanten Onkologischen Zentrum der Klinik OF	105
Der 2. Zyklus DexaBeam – und meine Mama hat einen Herzinfarkt	110
Entlassen – loslassen – regenerieren – keine Chance	113
Mein neuer Port	120

Die hoffentlich letzte Dexa Beam	122
Meine „Tipp-Ex-Tage"	128
Das Capillary Leak Syndrom	131
„Wickelkind" und künstliche Ernährung	133
Was ist los in meiner Körpermitte?	137
Endlich nach Hause	138
Zurück in die Klinik	142
Wieder zu Hause	145
Klimakterium?	150
Mein erster Ausflug	152
Ein Leben ohne Chemie	158
Heute	160
Ein paar Tipps zum Schluss	162
Danke	163

Über den Berg!

Danke an meinen Körper und meine Seele. Ihr habt mir geholfen, den „Berg" zu bezwingen und wieder gesund zu werden!

Ein paar Worte zu mir

Nach meinem Abitur habe ich eine Hotelmanagementschule in der französischen Schweiz besucht und dort meinen Abschluss als Hotelbetriebswirtin gemacht.

Ich habe viel von der Welt gesehen, da ich unter anderem auf einem Kreuzfahrtschiff gearbeitet habe und einmal rundum die Welt gefahren bin. Nach mehreren Auslandsaufenthalten bin ich wieder zum Arbeiten in unserem Familienunternehmen eingestiegen. Ich spreche vier Sprachen, und die Arbeit führte ich mit Leichtigkeit aus. Nebenbei machte ich die Hausverwaltung, auch das ging mir immer gut von der Hand, mein Leben war mit Arbeit ausgefüllt – oder vielleicht sogar überfüllt, zum Nachdenken kam ich selten.

... und jetzt auf einmal soll alles anders werden.

Gibt mir das die Chance einen neuen Weg zu gehen und wie soll dieser aussehen?

Verwurzelt bin ich in der Nähe und im Kreise meiner Lieben. Ich habe ein schönes Zuhause, dank meiner Eltern, und mit Jan genieße ich die Zweisamkeit.

Wird man vielleicht unzufrieden, wenn es einem einfach zu gut geht? Weiß man dann die Dinge, die man hat, nicht mehr zu schätzen?

Lebe ich vielleicht zu sehr im Überfluss und mache mein Leben dadurch kompliziert?

Fehlt mir die Einfachheit, die schönen glücklichen Momente?

Früher bin ich mit meinem Pony durch die Wiesen geritten, dies hat mir das Gefühl von Glück und Freiheit gegeben. Dieses Gefühl entsteht heute beim Ski fahren und beim Joggen durch den Wald. Ich gönne es mir leider nur viel zu selten im hektischen Alltag.

Ich denke zu viel, sorge mich zu viel. Mir fehlt einfach die Erdung und die Klarheit in der Gegenwart zu bleiben. Das „im Heute"-Leben. Die Freude!

Fehlt es mir vielleicht auch an Dankbarkeit? Dankbarkeit bringt Zufriedenheit hervor, bin ich noch zufrieden? Nein, ich habe ja schon die ganze Zeit festgestellt, dass ich mich in meinem Körper nicht mehr wohl fühle. Ist die Krankheit von mir geschaffen und eine logische Konsequenz?

Wie sieht es wirklich in mir aus? Sind da Menschen, die ich hasse, denen ich etwas missgönne oder denen ich vergeben muss?

Halte ich an solchen oben genannten Negativenergien fest? Dies bestimmt nicht bewusst. Eigentlich fühle ich mich wohl, aber es gibt bestimmt die ein oder andere Situation, mit der ich nicht d'accord gehe und nicht im Reinen bin. Letztendlich belastet das mich, also muss ich mich davon lösen und der anderen Person vergeben. Was ist mit meinen Gefühlen anderen gegenüber? Ich glaube, ich habe manchen Menschen gegenüber eine zu überschwängliche Zuneigung und ich weiß sehr wohl, dass zu viel Hilfe schadet, und zwar nicht nur dem anderen Menschen, sondern auch mir selbst. Mein Körper kommt aus dem Gleichgewicht, wenn ich zu sehr nach anderen schaue und zu wenig nach mir!

Und jetzt stellt sich die Frage, wie bekomme ich das wieder hin?

Erst wenn eine Situation scheinbar aussichtslos erscheint, lernt der Mensch. Erst da sieht er meist die „Not-Wendigkeit" zu handeln und sein Leben zu überdenken, seinem Leben eine neue Wendung/Richtung zu geben.

Genau so eine Situation wird uns durch die Diagnose Krebs gezeigt. Wir erfahren einen Schockzustand und müssen handeln und entscheiden, wie es nun weiter gehen soll. Da es uns bewusst wird, dass unser Leben so jetzt nicht weiter gehen kann und auch durch all die medizinischen Behandlungen erst mal nicht weiter gehen wird.

Dieses Bewusstsein hilft, sich auf die Dinge zu besinnen, die wichtig sind und die das Leben ausmachen. So vieles wird da nebensächlich und rückt in den Hintergrund.

Krebs ist eine Diagnose, die immer öfter gestellt wird. Krebs ist eine systemische Krankheit, sie zieht den ganzen Körper in Mitleidenschaft. Heute hat fast jeder einen bekannten Menschen im Umfeld, der davon betroffen ist. Wie ein Schreckgespenst schwebt der Krebs durch unsere Gesellschaft. Gerade wenn man selbst betroffen ist, bekommt man erst einmal einen Schock und muss sich „sortieren" und lernen damit umzugehen.

Was möchte man? Wo holt man sich Rat? Welche medizinischen Wege gibt es? Kann auch die Naturheilkunde helfen? Wem kann ich vertrauen? Um seine Gesundheit wieder zu finden, muss man sein Leben überdenken. Selbst für sich die Verantwortung übernehmen und nicht die Verantwortung auf andere übertragen.

Auf einmal ist die Endlichkeit sehr nah. Man muss sich auf nur einen Punkt konzentrieren und das ist die Gesundung. Das ganze frühere Leben hält nun an und der Fokus verschiebt sich komplett. Ein solcher Befund ist der Tag, der das Leben total verändert!

Was soll der Krebs mir sagen? Wo habe ich mich selbst verloren? Im Krebs steckt aber auch die Hoffnung sich selbst wieder neu zu erfinden!

Mein Buch zeigt meinen ganz persönlichen Weg, der mit einem sehr unkonventionellen Umgang mit der Krankheit begann. Wie ich diese außergewöhnliche Zeit gut überstanden habe und wie ich schlussendlich und zum Glück heilen durfte. Ich beschreibe ungeschönt und detailliert, wie es mir ergangen ist.

Das Buch soll allen Mut machen und zeigen, dass auch nach außen aussichtslos scheinende Situationen gewendet werden können und der Körper Enormes leisten kann und selbst nach extremen Situationen die Fähigkeit besitzt sich zu regenerieren und sich selbst zu heilen.

Jede Situation, die uns vom Leben geschenkt wird, hilft uns, unsere innere Stärke zu erkennen und mehr Achtsamkeit zu zeigen. Achtsamkeit bedeutet, dass wir die wichtigen Dinge im Leben nur erfahren, wenn wir uns bewusst uns selbst zuwenden und die Verantwortung für unser Dasein/Leben übernehmen.

Ich hoffe, ich kann Ihnen mit diesem Buch die Angst vor der Krankheit Krebs ein bisschen nehmen, denn heute kann ich sagen, ich hatte Krebs – und Gott sei Dank, ich bin wieder gesund!

Warum ich dieses Buch schreibe

Als ich den Befund Krebs bekam, wollte ich mich auf keinen Fall mit einer schulmedizinischen Behandlung auseinandersetzen. Ich las bestimmt zwei Dutzend Bücher über Menschen, die angeblich den Krebs besiegt haben, ohne eine Bestrahlung oder Chemotherapie. Geheilt wurden Sie laut den Berichten durch fragwürdige Therapien, Diäten, Ernährungsumstellungen, …

Ich beschäftigte mich fast ausschließlich mit Ratgebern, die gegen die Pharmaindustrie wetterten, die Ärzte als Medizyniker darstellten und gruselige Geschichten und Erfahrungen über Krankenhäuser verbreiteten.

Ich hätte mir etliche Wege, Anstrengungen und einiges an Stress ersparen können, wenn ich mir auch den Weg der Schulmedizin von Anfang an offen gelassen hätte. (Im Universum hat alles seine Daseinsberechtigung.)

Heute bin ich der Ansicht, man sollte nichts verteufeln, selbst im „Fluss" bleiben und genau abwägen, was man möchte. Beide Seiten, Naturmedizin und Schulmedizin, haben ihre Berechtigung. Leider ist heute bei uns eine Ergänzung von beiden noch nicht so populär. In der Schweiz wird bspw. nach einer Operation auch Reiki zur Harmonisierung des Körpers angeboten und man geht dort viel entspannter mit der Kombination von Chemie und Natur um.

Auch die chinesische Medizin zeigt uns, dass der Körper ungeahnte Selbstheilungskräfte hat. Wenn man sich aber selbst schon in eine Sackgasse wie Krebs manövriert hat, die falschen Gedanken und Ängste schon lange vor Ausbruch einer Krankheit zugelassen hat, seine Mitte verloren hat, dann muss man auch konsequent mit der Schulmedizin den Weg gehen, um den Körper wieder ins Lot zu bringen.

Horrorgeschichten über die Chemotherapie haben bestimmt auch ihren Grund und so ein Weg ist weiß Gott schwer, aber die Schulmedizin hat heute viele Möglichkeiten, Nebenwirkungen zu lindern und Ihnen zu helfen, wieder heil zu werden.

Hilfe, auch mentale Hilfe, kann man sich immer holen, aber wägen Sie gut ab, wer Ihnen gut gesonnen ist, denn ich habe die Erfahrung gemacht, dass auch viele Scharlatane die Not, in der man sich befindet, ausnutzen! Geben Sie sich nie selbst auf, denn das ist die schlechteste Alternative!

Wie alles begann

Im Jahr 2005 habe ich meine innere Mitte verloren. Ich habe speziell gegen Ende des Jahres oft sehr schlecht geschlafen, hatte schlechte Träume und kam mir irgendwie immer gehetzt und vor allem unausgeruht vor.

Im Februar 2006 war der Geburtstag meiner Mama, der in Nordheim gefeiert wurde. Wir haben Waller gegessen und ich kann mich gar nicht mehr entsinnen, wann ich mich das letzte Mal so übergeben musste.

Auch die folgenden Monate fühlte ich mich immer müde und unausgeglichen, ohne recht beschreiben zu können, warum. Ich bin mir schon immer bewusst, dass unsere Gefühle und Worte uns krank und auch gesund machen können – je nachdem.

Auch unsere Einschätzungen, Gedanken und die dazu gehörigen Emotionen bestimmen unser Leben.

In meiner damaligen Situation gelang es mir aber nicht, meine Gedanken zu zentrieren und auf meine innere Stimme zu hören.

Etwas in mir war verschlossen und ich konnte nicht herausfinden, was es war. Ich war emotional blockiert, lebte zu sehr im Außen und fand so nicht den Weg zu mir, in meine Mitte.

Ich habe mein inneres Gleichgewicht nicht wieder finden können. „Wer kann das schon, speziell in so einer Situation?", werden viele fragen. Heute weiß ich, dass es gerade da wichtig ist ein Bewusstsein zu entwickeln, was einem gut tut und was nicht. Bewusstes Nichtstun und loslassen, zu entspannen, das sind die Schlüssel, die mich wieder zu mir selbst, zu meiner inneren Kraft geführt hätten.

Ein schöner indianischer Spruch, der zu meinem Lebensmotto geworden ist, lautet: „Störe nie die Harmonie eines anderen Menschen!" Ich kann heute hier anfügen, es ist auch enorm wichtig, dass man seine eigene Harmonie nicht zerstört und sich, durch scheinbar ungerechte Situationen des Lebens, selbst verliert.

Da ich mich immer unausgeglichener und irgendwie gehetzt fühlte, ohne den Grund dafür wirklich erkannt zu haben, beschloss ich im Mai Aufbauinfusionen bei meinem damaligen Hausarzt, zu machen.

Nebenher fragte ich ihn, was der Knoten über meinem Schlüsselbein linksseitig zu bedeuten hätte.

Nach dem Tasten wurde er etwas nervös und meinte, ich solle am nächsten Tag zur Blutabnahme kommen.

Wieder einen Tag später, es war der 14. Mai 2006, hatte ich die Besprechung und meine Blutwerte waren alle „durcheinander".

Ein kurzer Exkurs zum Blut

Anfangs war ich völlig unbedarft und hatte sehr wenig Ahnung auf welche Blutwerte man achten muss und woran man erkennt, dass etwas nicht in Ordnung ist. Klar sieht man auf den Auswertungen immer die „Sollwerte", aber inwieweit ist eine Differenz dazu dramatisch oder nicht so schlimm?

Unser Blut besteht zu 90% aus Wasser, dann aus Zellen, die roten und die weißen Blutkörperchen und die Blutplättchen (Thrombozyten). Der Zellanteil im Blut wird über die Menge der roten Blutkörperchen, auch Erythrozyten genannt, definiert. Diese Zellmenge bezeichnet man als Hämatokrit. Durch die Erythrozyten wird der Körper mit Sauerstoff versorgt. Die weißen Blutkörperchen, auch Leukozyten genannt, bekämpfen kranke Zellen, auch Tumorzellen. Also kann man bei einem Anstieg der Leukozyten sehen, dass der Körper mit etwas kämpft (einem Virus, Bakterium ...). Es gibt hier auch Untergruppen, zu den weißen Blutzellen gehören auch die Lymphozyten, Granoluzyten und Makrophagen.

Die Thrombozyten (Blutplättchen) sorgen für die Blutgerinnung und dass wir keine „blauen Flecken" bekommen. Im Blut schwimmen auch Nährstoffe wie Salze, Spurenelemente, Vitamine, Fette und Eiweiße. All diese Nährstoffe werden durch die Nahrung aufgenommen, und das Blut als Transportmittel verteilt sie im Körper. Man nennt Blut auch den Saft des Lebens, denn es ist wichtig, dass immer alles in Balance ist, damit der Mensch gesund bleibt!

Jetzt begannen die schulmedizinischen Untersuchungen

Der Marathon begann, Untersuchungen über Untersuchungen.

Die Leukozyten viel zu hoch, der CRP-Wert (der CRP-Wert ist ein sehr sensibler Entzündungswert) auch sehr hoch, die Blutsenkung komplett aus dem Rahmen. Der Hausarzt meinte sofort, das gefalle ihm gar nicht, er hätte gerne eine Sonographie (einen Ultraschall) des Magens und eine Computertomographie (CT) des Thorax (Brustkorb).

Ich war natürlich erst einmal wie vor den Kopf gestoßen und zu keinem klaren Gedanken mehr fähig. Die Brisanz der Situation habe ich sofort gefühlt und wie bei mir so üblich, wurde es mir sofort klapperig, zitterig und kühl, obwohl ich nicht gefroren habe.

Bei einem befreundeten Arzt konnte ich noch am gleichen Tag die Sonographie machen, und er meldete mich dann sofort auch zum CT an. Bei der Sono hat man zum Glück im Magenbereich nichts feststellen können, es waren dort zu der Zeit keine auffälligen Lymphknoten. Die Ergebnisse des CT's kamen später.

Der Tag der Offenbarung

Wie es immer so ist – und damals war ich ja noch nicht so vertraut mit dem Procedere in Kliniken – bekam ich gleich nach dem CT keine Auskunft, sondern der Brief ging an den Hausarzt.

Gleich am nächsten Nachmittag hatte ich das Gespräch mit meinem Hausarzt. Eine schlaflose Nacht lag hinter mir, und ich war innerlich sehr aufgewühlt. Noch immer wusste ich nicht genau, was ich hatte, aber die Gewissheit, dass es etwas Bedrohliches ist, wurde immer greifbarer.

Mein Hausarzt erklärte mir, dass ich Lymphdrüsenkrebs habe und dass es da allerhand verschiedene Formen gibt.

Lymphdrüsenkrebs

Hier war also der Befund, und die bittere Wahrheit versetzte mich in einen Schockzustand. Er erklärte mir noch, dass er an meiner Stelle eine Patientenverfügung machen würde und ich auch an mein Testament denken solle.

In dem Moment konnte ich das gar nicht richtig verarbeiten. Ich war wie gelähmt und fühlte mich wie ferngesteuert.

Ich sehe mich noch heute mit meinem Mann Jan ins Hotel (wir haben ein kleines Landhaus Hotel vor den Toren Frankfurts) kommen. Meine ganze Familie saß dort versammelt, und alle waren fassungslos und weinten. Niemand konnte richtig greifen und begreifen, was jetzt auf mich zukommen würde. Es half alles nichts, wir mussten tapfer sein und der Dinge harren, die da auf uns zukommen, vor allem auf mich zukommen würden.

Natürlich ist bei solch einer Krankheit die ganze Familie betroffen, denn Unterstützung und Halt sind enorm wichtig.

Ich konnte in der ganzen Zeit nur schwer mit „Nebenschauplätzen" umgehen, denn ich brauchte all meine Kraft für meine Gesundung.

Einen Tag später meldete sich der Onkologe der Klinik und sagte, es müsse eine Untersuchung des Knotens gemacht werden, damit die Art des Lymphdrüsenkrebses bestimmt werden könne und dann die entsprechende, passende Therapie ausgewählt werden könne.

Was ist eigentlich die Lymphe?

Das musste ich mir auch erst mal ganz genau anschauen, und ich war verwundert, dass neben unserem Blutkreislauf im Körper ein ganzes Lymphgefäßsystem existiert. Klar habe ich auch früher schon mal einen geschwollenen Lymphknoten gehabt, gerade bei Erkältungen – aber jetzt schien es doch etwas ernster zu sein. Gerade kurz vor dem Schlüsselbein, dort wo ich den Knoten ertastet hatte, endet das Lymphsystem. Es zieht sich in kleinen Verästelungen durch den ganzen Körper, fließt dann durch die Lymphbahnen und kurz vor dem Herzen hinter dem Schlüsselbein hört es auf. Lymphe kommt vom lateinischen lympha und bedeutet klares Wasser, Quellwasser. Die Lymphflüssigkeit fließt durch unsere Muskelbewegung, durch die Atmung, das Pulsieren der Arterien in den Lymphbahnen und durch Ventilklappen nur in eine Richtung. Auf ihrem Weg läuft die Lymphflüssigkeit durch ca. 590 Lymphknoten, die überall im Körper, außer im vegetativen Nervensystem, verteilt sind. Die Lymphknoten (fälschlicherweise oft als Lymphdrüsen bezeichnet) sind die Reinigungsanlagen des Körpers. Sie eliminieren Schadstoffe und stärken so die Immunabwehr. Bei Infekten durch Viren oder Bakterien werden in den Lymphknoten die Abwehrzellen, Lymphozyten genannt, gebildet, die dann gegen die Eindringlinge vorgehen. Dadurch kann der Lymphknoten anschwellen. Das Lymphsystem ist ein sehr wichtiger Teil unseres Immunsystems und ohne Lymphe könnten wir nicht leben. Ein wichtiger Teil des lymphatischen Systems ist die Milz. Diese wird bei Untersuchungen immer mit abgetastet und auch im CT mit abgebildet, da eine Vergrößerung auch auf eine Veränderung des Lymphsystems hinweist.

Der Lymphknoten wurde am 23. Mai 2006 entfernt

Das Unvermeidliche kam! Zwei Tage später lag ich im OP, und der Lymphknoten wurde herausoperiert. Dies geschah ambulant und nur mit örtlicher Betäubung.

Nach Herausnahme des Knotens sagte der Operateur mir schon, dass das entnommene Gewebe auf alle Fälle aussehe wie ein „Schwamm", also krebsartige Strukturen aufweise. Der genaue Befund der Histologie würde mindestens ein bis zwei Wochen dauern.

Ich weiß noch, am Geburtstag meines Vaters, am 25. Mai 2006, hatte ich einen ganz dicken Hals, da der Knoten einen Tag zuvor entfernt wurde und die Lymphe an der OP-Stelle rebellierte! Am Anfang dachte ich noch, man solle ihn vielleicht nur per Biopsie (eine Gewebeentnahme mithilfe einer langen Nadel) untersuchen, aber die Ärzte gingen darauf gar nicht ein.

Wieder zwei Tage später musste ich noch eine Knochenmarksbiopsie (hier wird mit einer ganz feinen Nadel in den Beckenkamm eingestochen, um Knochenmark zu entnehmen) über mich ergehen lassen. Das sind Schmerzen, die wünscht man wirklich keinem! Als die Nadel in meinen Beckenkamm einstach, habe ich geschrien, dass es sogar Jan im Wartezimmer gehört hat.

Hier sollte nun untersucht werden, ob das Knochenmark schon befallen ist, also ob da auch schon bösartige Zellen angesiedelt sind. Erneut wurde ich vertröstet, das Ergebnis könne bis zu zwei Wochen dauern.

Nach sieben Tagen kam dann der Befund der Histologie: Morbus Hodgkin, Noduläre Sklerose Stadium II. Befall im

Mediastinum (Mittelfell, der Raum zwischen Brustbein und Brustwirbelsäule – von beiden Seiten durch die Lungen begrenzt), auxiliar (unter den Achseln) und am Hals.

Zehn Tage später wurde mir mitgeteilt, dass das Knochenmark glücklicherweise nicht befallen sei.

Jetzt machte das Krankenhaus Druck, und ich wurde aufgefordert schnellstmöglich in eine Studie zu gehen und die Chemotherapie zu beginnen.

Irgendwie war mir das in dem Moment alles zu viel. Erst einmal resignierte ich und war total verzweifelt. Ich konnte es gar nicht fassen und glauben, ich hatte wirklich Krebs. Ich klammerte mich bis zum Schluss an die Hoffnung, dass vielleicht doch alles ein Irrtum sei und dass ich aus einem bösen Traum erwachen würde.

Durch die Aufforderung der Ärzte musste ich jetzt eine Entscheidung treffen. Ich wollte unbedingt andere Möglichkeiten in Erwägung ziehen, Chemo war das Letzte, was ich machen wollte.

Aber wem sollte ich mein Vertrauen schenken, wie konnte ich wieder gesund werden, ohne dass mein Körper größeren Schaden nähme?

Der Befund war unumstößlich, und mir zog es den Boden unter den Füßen weg. Warum gerade ich? Ich trinke nur wenig Alkohol, habe noch nie geraucht und ernähre mich gesund. Ich habe mir mein Leben gut eingerichtet und neben meinem Beruf spiele ich, wenn es die Zeit zulässt, Golf mit Jan oder jogge.

Ich reise gerne und mache auch sonst viele Dinge wie Mentaltraining, Reikiausbildung, zur damaligen Zeit Tachyon Kinesiologie, …

Aber jetzt musste ich mich dem Schrecken stellen, ich hatte Krebs in meinem Körper. Ich bin mir bewusst, dass jeder

Krebszellen im Körper hat, aber es bricht bei vielen nicht aus und bei manchen doch.

Warum ist das so?
Ich denke, immer wenn man, sei es seelisch oder körperlich, nicht im Gleichgewicht ist, hat auch der Körper einen enormen Stress. Wenn er mit einer Situation dann überfordert ist, kann er seine eigene intelligente Selbstheilung nicht aufrechterhalten. Er kapituliert quasi und wird krank. Dies kann auch durch Einflüsse von außen ausgelöst werden, zum Beispiel durch die Umwelt, durch Viren oder Bakterien oder eben innerlich durch ungute Gedanken, die seelisch oder emotional Stress verursachen. Wenn der Körper dann nicht mehr im Lot ist, haben Krankheiten ein leichtes Spiel. Nach welchem System oder warum, das ist müßig zu hinterfragen.

Ich war in meinem Alltag verwurzelt und zu dieser Zeit erschien es mir wie ein böser Traum. Ich war unzufrieden und Opfer meiner eigenen Lebensumstände. Was hielt mich zurück, mein Leben zu leben? Welche Blockaden oder Muster hatte ich, die mir in der Zeit im Weg standen? Ich konnte es einfach nicht herausfinden. Zudem befand ich mich nach all den dramatischen Ereignissen erst einmal in einem Schockzustand und wusste weder ein noch aus. Ich denke, ich tat dann das einzig Richtige!

Ich fuhr erst einmal zwei Wochen mit Jan in den Urlaub.
Ich wollte zur Ruhe kommen, mir klar darüber werden, was ich nun tun sollte – KREBS – ich konnte es einfach nicht fassen. Was wollte mein Körper mir damit sagen?
Bei der Frage, was die wesentlichen Dinge im Leben sind, rückte nun bei mir die Gesundheit in den Vordergrund. Gesundheit ist die Voraussetzung für ein erfülltes Leben, und

gerade in solchen Krisensituationen wird einem dies doppelt bewusst. Jetzt hieß es, wie kann ich sie wieder herstellen? Wie bekomme ich meine Lebensenergie zurück?

Ich wuchs wohl behütet und unbedarft auf. Das Geschäft, unser Landhaus Hotel, hatte in der Familie eine sehr hohe Priorität. Und ein Geschäft ist immer geprägt von Umtriebigkeit und Hektik.

Ich hatte mit Freude im Hotel mitgearbeitet und funktioniert und jetzt auf einmal stellte ich mir die Frage, was will ich eigentlich? Gesund werden, ganz klar, aber soll die Krankheit mir vielleicht etwas sagen? Wohinein habe ich die ganze Zeit meine Kraft investiert? Wo ist meine Begeisterungsfähigkeit für etwas geblieben?

Meine Beziehung mit Jan lief sehr gut, obwohl wir keine Kinder mehr bekommen konnten. Aber ich bin dankbar, zwei süße Nichten und ein reizendes Patenkind zu haben.

Aber was will ich?

Ich habe immer versucht meine ganze Energie und meine Ideen in unser Hotel einzubringen. Aber war ich damit zufrieden?

Ist es die Angst vor Liebesentzug seitens meiner Eltern, die mich immer weiter angetrieben hat?

Will ich überhaupt, dass es anders wird? Kann ich dem sozialen Druck standhalten, wenn ich mich für einen anderen Weg entscheide?

Rauben mir diese Gedanken zur jetzigen Zeit die Kraft gesund zu werden? Oder beflügeln sie mich und helfen?

Wofür wäre ich bereit zu sterben? Was macht mein Dasein aus? Wo sind meine Ideale geblieben? Habe ich sie aufgegeben für andere?

Wie geht es jetzt weiter? Ich muss wieder zu einem sinnerfüllten Leben finden! Mir ist bewusst, dass jeder im Leben wichtige Aufgaben hat, jetzt muss ich herausfinden, wo meine Aufgaben liegen, damit ich meinen Seelenfrieden und somit mein Heil finden kann.

Alle alltäglichen „Problemchen" rücken in den Hintergrund.

Ich habe immer eine Wahl – in meinem Fall – Leben oder Sterben. Aber so drastisch habe ich es zu diesem Zeitpunkt noch gar nicht gesehen. Ich war sehr verunsichert, wusste aber, mein Körper muss ganzheitlich heilen. Hierzu wählte ich die Naturmedizin und beschäftigte mich immer weiter mit Energie, Heilern und Meditation. Ich war mir sicher, wenn ich Ordnung in meine Gedanken bringe, ordnen sich auch meine Körperzellen wieder!

Ich glaube, erstmals in meinem Leben stand ICH jetzt im Mittelpunkt meines Lebens und das Kümmern um andere trat etwas in den Hintergrund.

Ich begann mit einer Therapie bei unserem damaligen Hausarzt und informierte mich nebenbei weiter. Er nahm sich sehr viel Zeit für mich und führte viele Gespräche mit mir. Aber auch er riet mir zur Chemo. Da ich ja unbedingt einen anderen Weg gehen wollte und auch überzeugt war, dass ich gesunden würde ohne Chemo, half er mir mit Aufbauinfusionen und akzeptierte meine Entscheidung für den Augenblick.
Durch die Leukämiekrankheit meiner Mutter kannte ich Herrn Dr. S. und stellte mich dann dort vor.

Angeregt durch wirklich viele Bücher und Ratgeber, war ich sicher, dass der Krebs durch Diäten und Vitamine wieder weggehen würde. Ich tauschte das, was ich vorher in die Arbeit investiert hatte, aus, um zu Ärzten zu gehen, mich immer mehr in die Materie einzulesen – nur nach innen schaute ich nicht.

Ich hörte zwar immer mit meinem IPod geführte Meditationen, wenn ich in Wartezimmern saß oder Infusionen liefen, aber ich vermied es irgendwie selbst nachzudenken, mein Leben zu überdenken.

Im Nachhinein kann man das schön schreiben. Zu dieser Zeit war ich froh, dass ich eine Ablenkung hatte, meine Gedanken weg von der Krankheit lenken konnte, aber nicht ins Innere.

Mein innerer Frieden fehlte mir und ich wusste nicht, wie ich ihn erreichen könnte. Oft dachte ich, ich sollte vielleicht einfach mal alleine ein paar Wochen wegfahren. Das „All/ein/sein" würde mir helfen mich selbst wieder zu finden und mich wieder heil und ganz machen. Sind die Blockaden in meinem Körper, denn etwas anderes ist eine Krankheit ja nicht, durch zu viele negative Emotionen entstanden? Fehlt in meinem Geisteszustand die Liebe, vor allem die Liebe zu mir selbst?

Aber da waren auch immer wieder die Ängste, vielleicht nicht alles für die Krankheit bzw. gegen die Krankheit zu tun, und so gab ich der Angst nach und hastete von Arzt zu Arzt, die Schulmedizin immer außer Betracht gelassen.

Ich konnte mich nicht auf mein Ziel, das Gesundwerden, einlassen, und mir kam diese Zeit vor, als würde mein Leben wie ein Boot im Sturm hin und her und hoch und runter schaukeln.

Dies war nun mein Weg

So teilte ich mir meinen Tagesablauf zwischen Behandlungen bei meinem Hausarzt und Infusionen in der Praxis Dr. S. auf, und zwischendrin ging ich noch arbeiten, denn ich wollte das alles ganz toll meistern und keine Schwächen zeigen.

Ich konnte einfach nicht loslassen und „verbog" mich weiter für andere. Zu diesem Zeitpunkt aber hatte ich nur so eine Ahnung, konnte aber nicht wirklich beschreiben, was meine Heilung blockierte und meine Krankheit ausgelöst hatte.

Ich ersetzte den Arbeitsstress, denn da hatte ich mich etwas rausgezogen, durch den Ärztestress, und ständig plagte mich auch mein Gewissen, ob ich dahin gehen sollte oder dorthin.
   Wenn man gesagt bekommt, dass man krank ist, kommen sehr leicht Ängste auf und es fällt schwer, sich nicht einfach jemandem anzuvertrauen und zu sagen, komm´, heil´ mich. Angst kommt ja von angus, (eng, Enge), und wenn man den Weitblick, das Ganze aus den Augen verliert, engt man sich selbst und seine Heilungsmöglichkeiten enorm ein.

Ich wusste, dass ich auf meine innere Weisheit hören muss, es gibt da einen schönen Spruch, der ungefähr so geht, tu´ es, liebe es oder lasse es. Ich gab der Liebe in mir keinen Raum zur Entfaltung, mir fehlte die Selbstliebe.
   Vielleicht waren meine eigenen Selbstzweifel bezüglich meines Weges auch der Punkt, der mich dahin gebracht hat, an dem ich damals war.
   Eigentlich sehnte ich mich einfach nur nach Ruhe, vielleicht wäre die komplette Auszeit am Ende doch das Beste gewesen, aber es ist nun gekommen, wie es kommen sollte.

Ich machte Therapien, suchte nach Lösungen, nach einer äußeren Quelle, die mich heilen könnte, las Bücher, rannte zu Heilern und Heilpraktikern, aber ich schaute nicht nach innen und wollte/konnte meine persönliche bittere Wahrheit nicht erkennen.

Meine Zeit in der Praxis S.

Herr Dr.S., ein immer positiv denkender Arzt und Querdenker, besprach mit mir die Möglichkeiten der Therapie in seiner Praxis. Ich fing an mit einer Schwefeltherapie, ich stank dadurch extrem, aber es half leider nichts. Mir ging es zwar nicht schlechter, aber am Krankheitsbild veränderte sich nichts.

Parallel zu der dortigen Behandlung machte ich eine Therapie mit Mistelspritzen und Mineralien und einer Eigenbluttherapie bei meinem Hausarzt. Dann machte ich bei Herrn Dr. S. noch eine Hochdosistherapie mit Vitamin C. Mein Gesundheitszustand wurde nicht besser, meine Venen wurden immer schlechter.

Ich ging zwar wieder arbeiten, war aber immer sehr schnell außer Atem, da die Lymphknoten die Lunge reizten und sich dann Wasser in der Lunge bildete, was mir im wahrsten Sinne des Wortes den Atem nahm. Wie es so ist, man will es ja nicht immer gleich wahrhaben, mein Husten verstärkte sich zunehmend, und alle Hilfsmittel halfen nicht mehr!

Im Herbst 2006 ging es mir dann so schlecht, dass ich mir etwas anderes überlegen musste. Zu dieser Zeit war ich mit Jan am Achensee in einem Wellnesshotel im Urlaub und gönnte mir wirklich viel Ruhe und meinem Körper viele Behandlungen und Streicheleinheiten. Aber es half alles nichts, ich konnte abends gar nicht mit zum Essen, ich wurde immer schwächer und auch in Jan kam langsam Panik auf, ob dies der richtige Weg sei.

Zu der Zeit fing die Praxis S. an mit der sehr teuren Insulin potenzierten Therapie (IPT) – da ich auf keinen Fall eine richtige Chemo machen wollte.

Anne, meine beste Freundin, „Schwester" und Vertraute, begleitete mich fortan zu jeder Untersuchung und Behandlung.

Gerade bei einer IPT muss immer eine Begleitperson anwesend sein.

Insulin potenzierte Therapie

Dies lief anfangs folgendermaßen ab: Ich bekam Selen- und Kevatril-Vorinfusionen. Der Blutdruck wurde ständig gemessen, ich bekam Sauerstoff, dann wurde der Blutzucker kontrolliert und je nach Wert Insulin gespritzt.

Sinn des Hormons Insulin war es, dass der Körper in den Unterzucker ging und sich die Zellen öffneten, man fängt dann an zu schwitzen und ist gar nicht mehr richtig bei sich.

So lief es auch bei mir, die Schwester wartete auf den für mich möglichen tiefsten Punkt und das war immer fast kurz vor dem Zuckerkoma. Es war immer aufregend und eine Gratwanderung, dass der richtige Moment abgepasst wurde. Dies dauerte ca. eine Stunde, dabei kam es natürlich auch darauf an, in welcher Verfassung ich selbst war. Die Krankenschwestern kontrollierten immer wieder den Zucker, um den untersten Punkt abzupassen, denn dann kam Herr Dr. S. und spritzte die zu meiner Krankheit passende 10%ige Chemo. Diese 10%ige Chemo, so erklärte es mir Herr Dr. S., richtet sich fast ausschließlich gegen Zellen wie z.B. die Krebszellen, die in Teilung sind. Durch das Insulin gelangt die Chemo besser in die Zellen, da speziell Krebszellen mehr Insulinrezeptoren haben und sich quasi „vordrängen", wenn die Chemo gespritzt wird. Also gehen mehr Krebszellen kaputt, der Effekt ist durch die niedrige Chemodosierung in Kombination mit dem Insulin sehr groß, und es treten so gut wie keine Nebenwirkungen auf. Danach gab es anfangs gleich eine 30%ige Infusion mit Vitamin C. Dies wurde nach neuesten Erkenntnissen später nicht mehr gemacht.

Hört sich doch alles toll an!

Nach dem Unterzucker wurde bei einigen Patienten Glucose gegeben, ich bekam immer einen Obstteller und kam dann sehr gut wieder aus dem Unterzucker raus.

Es lief immer reibungslos, bis auf einmal ...

Da meine Venen auch hier schon sehr schlecht waren, war es per se immer schwierig einen Zugang zu finden, denn den brauchte man unbedingt, sowohl für die Vorinfusionen als auch zum Spritzen der Chemo.

An diesem Tag ist, während ich im Unterzucker war und die Chemo schon gespritzt wurde, die Vene geplatzt und mir lief ein Teil der Chemo ins Gewebe. Davon bekam ich erst mal gar nichts mit, denn ich war ja im Unterzucker, also völlig weggetreten. Es brannte auf der Haut und schmerzte an meinem Handgelenk, wodurch ich wieder zu mir kam. Konsterniert sah ich eine weinende Anne und ein hektisches Team, das gerade versucht hatte, mich wieder aus dem Unterzucker zu bekommen, denn ohne Zugang konnte man auch keine Glucose spritzen. Da ich nun wieder „wach" war, waren alle erleichtert, und ich konnte sofort mein Obst essen, das Handgelenk wurde versorgt. Da die Chemo nur 10%ig war, hinterließ es keinen sehr großen Schaden, sondern sah aus wie ein leichte Verbrennung, aber alle waren fix und fertig und geschockt von diesem Erlebnis.

Nach der IPT machte ich immer eine elektrische Hyperthermie, auch regionale Hyperthermie genannt. Ein mit Wasser gefüllter „Teller" wurde auf meine Brust gesetzt und ich lag auf einem angewärmten Wasserbett, dann wurde der „Teller" mittels elektromagnetischer Wellen auf 42 Grad gebracht. Hierdurch wird künstlich Fieber an den Stellen produziert, an denen Krebs liegt, bei mir war es das Mediastinum. Man geht davon aus, dass der Krebs Wärme nicht gerne mag. Auch eine größere Durchblutung durch die Tiefenwärme des Gewebes soll bewirken, dass die vorher verabreichten Medikamente, in meinem Fall die 10%ige Chemo, besser aufgenommen werden. Bei der IPT schlief ich dann immer, und auch Anne kam nach der Anspannung auf dem Sessel neben mir zur Ruhe.

Der Tag der IPT dauerte immer von 9:00 Uhr bis ca. 16:00 Uhr. Oft gingen wir danach noch ins Hessen Center, einfach mal was anderes sehen, einen Saft trinken oder eine Butterbrezel essen. Die Ablenkung danach tat immer sehr gut.

Einmal probierte ich auch die Ganzkörperhyperthermie aus. Hier lag ich in einem Zelt und der ganze Körper wurde auf 42 Grad erhitzt, es wurde künstlich Fieber erzeugt. Dies sollte die Immunabwehr anregen. Für mich war diese Art der Behandlung nur grausam. Ich bekam nicht so schnell wie gewünscht Fieber, dafür aber Beklemmungen und Atemnot. Ich glaube, es war das einzige Mal, dass ich richtig geweint habe, weil mir das zu viel war und auch Annes Beschwichtigungen halfen hier nichts. Nie mehr mache ich das, habe ich mir geschworen! ... und so war es auch!

So eine komplette IPT Behandlung wurde zweimal die Woche durchgeführt, war sehr teuer und schlauchte schon ziemlich, wobei man aber am nächsten Tag wieder arbeiten konnte, als sei nichts gewesen.

Die Crux mit dem Krankengeld

Im Laufe meines Lebens habe ich schon mehrere Jahre gearbeitet und von meinem Gehalt auch Geld an die Krankenkasse gezahlt. Ich hätte nie gedacht, dass es schwierig sein könnte, im Falle einer Krankheit, Krankengeld zu bekommen.

Zuerst einmal ist es so, dass der Betrieb die ersten sechs Wochen zahlt, dann fängt das Dilemma an. Eigentlich bräuchte man Unterstützung, denn man kennt sich mit solchen Situationen gar nicht aus. Die Wahrheit sieht so aus, es ist schwierig und jeden Monat aufs Neue ein Kampf, an das einem zustehende Krankengeld zu kommen.

Zudem wird ja auch nur ein gewisser Prozentsatz des Lohnes als Krankengeld ausgezahlt, man wird also fürs Kranksein „bestraft".

Jeden Monat musste ich selbst daran denken, einen Schein vom Arzt ausfüllen zu lassen, damit ich das Geld bekommen konnte. Dies wurde von der Kasse erst Tage später überwiesen, was mein Konto ständig ins Soll brachte.

Leider war ich bei einem Privatarzt, zahlte meine Behandlung selbst, also sparte ja die Krankenkasse an mir, aber die Bestätigung des privaten Arztes wurde nicht anerkannt. Dadurch musste ich noch zu einem kassenärztlich anerkannten Arzt gehen, damit mein Geld ausgezahlt wurde.

Krankengeld wird im Allgemeinen für die gleiche Krankheit nur für 18 Monate gezahlt, danach muss man sich überlegen, ob man wieder arbeiten gehen kann oder ob man sich arbeitslos meldet.

Zu diesem Zeitpunkt ging ich nach den 18 Monaten wieder arbeiten. Anders verhielt es sich nach meiner weiter unten beschriebenen Chemotherapie und Knochenmarkstransplantation. Hier fand ich es richtig erniedrigend. Nachdem das

Krankengeld nicht mehr gezahlt wurde, bekam ich Arbeitslosengeld. Nach dem Bezug von Krankengeld musste ich mich für die Weiterzahlung von Arbeitslosengeld erneut persönlich bei der Agentur für Arbeit arbeitslos melden. Ich war wirklich sehr schwach, musste zig Zettel ausfüllen und war dann immer wieder auf dem Amt. Irgendwann wurde ich in Offenbach beim Amt einem Vertrauensarzt vorgestellt. Dieser schaute mich wirklich nur kurz an, weder untersuchte noch befragte er mich, vermerkte aber in seinem Bericht, dass ich wieder arbeiten gehen könnte, allerdings nur Büroarbeit.

In meinem damaligen Zustand wäre dies wirklich unmöglich gewesen. Ich konnte keine Stufen alleine gehen, ich war ständig müde und nach kurzer Zeit schon wieder so fertig und schwach, dass ich mich hinlegen musste.

Auch die ständigen Besuche auf den Ämtern waren eine Qual.

So ist unsere Bürokratie!

Nachdem ich das Arbeitslosengeld nicht mehr bekommen konnte und die Entscheidung, ob Berentung oder wieder arbeiten bevorstand, fing ich von Zuhause aus an, langsam zu arbeiten.

Da mein Immunsystem noch sehr angegriffen war, war es mir unmöglich, mich im Hotel unter die „Leute" zu mischen. Also blieb ich im Büro und verkürzte meine Arbeitszeit und mein Gehalt auf ein Minimum, damit ich krankenversichert blieb. Es ist schon traurig, wenn man sich überlegt, was passieren würde, wenn man dann nicht gleich wieder einen Job fände. Da kommt dann zu der großen Sorge, dass man wieder gesund wird, noch die finanzielle Sorge hinzu

Ging meinem Vater meine Krankheit an die Nieren?

Während der Zeit meiner IPT's, kurz vor Weihnachten 2006, wurde bei meinem Vater ein Tumor an der Niere diagnostiziert.

Ich war krank vor Angst und bin nach meinen IPT's mit Anne immer in die Klinik gefahren. Er wurde dann operiert, der Tumor war zum Glück verkapselt und konnte ohne Probleme entfernt werden. Aber irgendwie erholte mein Papi sich nur schwer.

Meine Therapie schlug gut an, ich war begeistert.

Schon zu Weihnachten war ich wieder relativ fit und fuhr mit Jan zum Skiurlaub, als wäre fast nichts gewesen.

Als ich nach Hause kam, ging es meinem Vater immer noch nicht gut und er hatte wahnsinnige Schmerzen, also musste er wieder ins Krankenhaus und man stellte dort fest, dass auch noch die Galle rausgenommen werden musste. Noch eine OP! Die Nieren-OP war schon sehr schwer, aber letztlich ging alles gut.

Im Jahr 2007 krebsfrei?

Im März 2007 bestätigte mir das CT, dass die Lymphknoten nicht mehr sichtbar waren. Ein toller Erfolg, und ich war überglücklich, endlich alles geschafft zu haben und das ohne schulische Chemo. Ich sehe heute noch, wie Anne und ich nach dem Ergebnis heulend vor Freude die Straße entlang hüpften.

Also ging ich wieder meinem Alltag nach, genau wie vorher. Ich fühlte mich fit und vergaß mich selbst wieder komplett.
Ich rotierte zwischen Hotel, Hausverwaltung, Beziehung und versuchte. so gut ich konnte allem gerecht zu werden. Mein normaler Arbeitstag begann meist um 5:30 Uhr morgens, da hatte ich Ruhe und Zeit und machte die Dinge, die für die Hausverwaltung erledigt werden mussten. Dann frühstückte ich mit Jan und ging gegen 9:00 Uhr ins Hotel. Dort war ich für die Löhne zuständig, und genau wie mein Bruder Steffen und meine Schwägerin Sabine kümmerte ich mich um den Gästekontakt. Menüs absprechen, an manchen Tagen abends die Gäste an ihre Tische führen und den Service „überwachen", sehr gerne kümmerte ich mich immer um das Marketing, und in dieser Zeit erstellte ich auch einen Prospekt. Die neue Werbung für das Hotel bereitete mir immer viel Spaß. Auch heute diskutiere ich viel mit Steffen und Sabine und freue mich, wenn wir etwas gemeinsam erarbeiten.

Mit Herrn Dr. S. hatte ich dann ein paar „Erhaltungs-IPT's" für zwischendurch vereinbart und war froh, wenn ich keinen Arzt sehen musste.
Ich lebte mein Leben weiter wie bisher und konzentrierte mich nicht mehr auf meine Heilung.

Ich gab mich nun ganz meiner Begeisterung hin, es geschafft zu haben.

Ein herber Rückschlag

Leider hielt dieser Zustand nur ein Jahr an. Ich verfiel wieder in mein altes Muster und verlor mich selbst wieder mehr und mehr. All dies war mir damals aber gar nicht so bewusst.

Es ist ja allgemein bekannt, dass die Symptome immer wieder auftreten, bis der Betroffene zur wirklichen Ursache seiner Krankheit vorgedrungen ist.

In meinem Fall, dass ich gar nichts gelernt und meinen Alltag weiter gelebt hatte wie zuvor. Dies nahm mir meine Lebenskraft wieder. Wer gesund sein will, braucht Ordnung in seinen Gedanken und Emotionen. Mir aber fehlten meine Zentrierung und auch die Klarheit, was mir im Leben wichtig ist. Ich weiß gar nicht wirklich, woran es lag, ich fühlte mich immer getrieben. Ich erlebte mich wie auf der Flucht.

Ich war immer diejenige, die versuchte alles auszugleichen, harmoniesüchtig könnte man das bezeichnen, oder anders formuliert, ich sah mich immer in einer Opferrolle.

Es war niemand da, der mich antrieb oder der etwas von mir forderte, es war allein meine Schuld, dass ich diese Verhaltensweisen nicht aufgeben konnte.

Ich fühlte mich für alle verantwortlich und an die Lebensweise der Familie gebunden.

Heute habe ich erkannt, dass wir unseren Lebensumständen nie ausgeliefert und erst mal nur uns selbst verpflichtet sind. Ich muss mich heute auch selbst immer wieder ermahnen mal NEIN zu sagen und nicht über meine eigenen Grenzen hinaus zu gehen. Ein Nein ist oft die liebevollste Antwort, man verleugnet sich dabei nicht selbst!

Das weiß ich jetzt, aber hinterher ist man immer etwas schlauer! Damals zogen die Tage an mir vorbei, und ich war wieder gefangen in meinem Alltagstrott. Ich lebte zu sehr im Außen!

Im März 2008 ertastete ich wieder einen Knoten am Schlüsselbein. Ich war starr vor Schreck und bekam gleich Durchfall vor Angst. Nicht schon wieder, war alles, was ich in diesem Moment denken konnte!

Erneut ging ich gleich zu Herrn Dr. S., der sich auch immer viel Zeit nahm und lange Gespräche mit mir führte.

Er machte mich auf meinen „Fehler" aufmerksam, dass ich mich zu sehr vom alltäglichen Leben vereinnahmen lassen würde und dass Stress jeglicher Art kontraproduktiv sei. Ich hörte dies, es kam auch bei mir an, aber ich war unfähig etwas zu ändern.

Direkt am nächsten Tag fing ich wieder meine Therapie bei Herrn Dr. S. an. ich war schwer enttäuscht, sind da doch noch Reste vom Krebs, die nicht zerstört wurden? Ist die Therapie doch nicht so gut oder zu schwach? Hätte Herr Dr. S. mich doch gleich zur Schulmedizin schicken müssen, statt mich immer weiter zu behandeln? Da Herr Dr. S. immer zuversichtlich war, meinte er, dass wir auch dies wieder schaffen können. Meine Schwägerin Sabine fragte bei einem Telefonat mit ihm, ob es sein könne, dass die Chemomittel, die er verabreichte, irgendwann nicht mehr reichen würden, also der Körper sich daran gewöhnte. Dies wurde aber verneint, also machte ich „munter" weiter mit der IPT und hoffte somit den Krebs zu besiegen und/oder in Schach zu halten.

Jetzt kam eine Zeit, in der ich immer, wenn es mir etwas schlechter ging, eine IPT machte, und die Wirkung war enorm, es ging mir dann wieder ein paar Tage wesentlich besser.

Manchmal machte ich auch „Blöcke", also drei IPT's pro Woche und das drei Wochen am Stück, und dann fühlte ich mich wieder für eine Zeitlang gut. Bei den IPT's wurde oft der

Arm oder die Hand, an der die Chemo einlief, dick, manchmal hatte ich auch leichte Hautirritationen.

Was ebenfalls in Mitleidenschaft gezogen wurde, war der Darm, ich hatte regelrechte Verstopfungen! Nach einer IPT konnte ich oft tagelang nicht auf die Toilette, was natürlich bewirkte, dass das Gift sehr lange im Körper weilte. Dies führte dann immer zu Stellen am Körper, die extrem juckten. Da half auch kein Cortison.

Ein Manko war, dass meine Adern das nicht mehr durchhielten, und vor jeder Behandlung waren Anne und ich sehr aufgeregt, ob denn eine Vene zur Therapie gefunden werden könne. Einmal wurde ich 23 Mal gestochen, bis endlich ein Zugang saß. Von Behandlung zu Behandlung wurde es schwieriger.

Zum Schluss musste sogar die Halsvene herhalten, bis Herr Dr. S.sagte, ich brauchte unbedingt einen Port.

Also ging ich in eine Tagesklinik zu Frau Dr. A.. Die Praxis S. gab mir einen Port mit, und ich war überzeugt das Richtige zu tun. Die OP war nicht so einfach, wie ich mir das vorgestellt hatte, vor allem fand auch hier der Anästhesist keine Vene, und so musste der Zugang am Hals gesetzt werden.

Der Port wurde rechts implantiert. Gleich danach wurde geröntgt, um nachzuschauen, dass die Lunge nicht verletzt worden war.

Da ich von der OP noch sehr benommen war, wurde ich im Bett zum Röntgen eine Etage tiefer gefahren. Leider ging das Bett nicht durch die Tür! Anne baute mit dem Arzt die ganzen Bettseiten auseinander, damit wir (das Bett und ich) hindurch passten. Eine riesige Aufregung, aber medizinisch war alles gut, der Port saß!

Gestört und geschmerzt hat dieser Port von Anfang an, er stand weit heraus, klar, ich war ja inzwischen auch super schmal (49kg bei 1.70m), irgendwie konnte ich mich nie mit ihm anfreunden.

Hartnäckig und ein wenig erleichtert, dass es jetzt nicht immer gefühlte Stunden dauerte, bis eine Vene gefunden wurde, setzte ich meine „Chemo-Sessions" bei Dr. S. fort.

Ich hatte immer ein sehr gutes Körpergefühl und so merkte ich ganz schnell, wenn wieder Lymphknoten gewachsen waren und mein Körper aus dem Gleichgewicht brachten. Also wieder eine IPT, etwas anderes konnte ich mir zu diesem Zeitpunkt einfach nicht vorstellen. Ich kam aus diesem Kreislauf nicht heraus, und es war zu dieser Zeit der einzige Weg, den ich gegangen bin.

Ich wollte alles machen, nur keine schulmedizinische Chemo. Herr Dr. S bestätigte mich in meiner Vorstellung und behandelte mich immer weiter.

Arbeiten, Arzt, Schlafen, meine Familie und Jan prägten mein Umfeld, aber wo war ich???

Mittlerweile hatte ich so viele Bücher gelesen, von Menschen, die angeblich den Krebs ohne jegliche schulische Medizin besiegt haben, dass ich den Gedanken, dass das nicht funktionieren könnte, gar nicht aufkommen lassen wollte.

Ernährung und Geist, wichtig zur Gesundung?

Da Herr Dr. S. sehr ganzheitlich orientiert war, sprach er auch das Thema Ernährung an. Nahrungsmittel mit Zucker fördern den Krebs, so seine Meinung. Also machte ich eine Eiweißdiät nach Budwig, habe sehr, sehr wenig genascht, kein Obst, da hier ja Fruchtzucker enthalten ist, wenig Kohlenhydrate. Diese Einschränkungen führten dazu, dass ich gar nichts mehr genussvoll essen konnte, und wenn ich heute zurückdenke, war dies auch ein Punkt, der mir die Krankheit nicht wirklich erleichterte.

Hätte ich nur auf meinen Hausarzt gehört, der mir eine ausgewogene Ernährung mit gesunder, mediterraner Kost empfohlen hatte.

Es führte dann soweit, dass ich bei jedem Bissen erst überlegte, ob das eventuell meinen Krebs fördern könnte – und hier kommen wieder die Gedanken ins Spiel!

Ich probierte neben der Budwig-Diät (eine Öl-/Eiweiss-Diät) verschiedene andere Dinge aus. Sei es über längere Zeit eine makrobiotische Ernährung, die in meinem, ich sage mal fortgeschrittenen Zustand auch nichts half, oder nach jedem Strohhalm greifend, nahm ich dann die viel beschriebene Idee von Herrn Dr. Breuss auf und versuchte den Krebs „auszuhungern"

Ich machte eine Breuss-Kur, sechs Wochen lang nur bestimmte Tees, frisch gepresste Säfte, keine feste Nahrung. Und bei Herrn Dr. S. in dieser Zeit Colon-Therapie zur Körperentgiftung.

Ich verlor enorm an Gewicht (von 57kg auf 43kg), aber nichts besserte sich. Im Gegenteil, meine Kraft ließ nach und ich wurde immer "weniger".

Überzeugt bin ich, dass unsere Ernährung wesentlich dazu beiträgt, wie wohl man sich fühlt. Ballaststoffe, Kräuter, Vitamine, Mineralien, sekundäre Pflanzenstoffe entscheiden über unser Wohlbefinden und sind sehr wichtig für unseren Stoffwechsel.
Ein gesunder Stoffwechsel fördert unser Immunsystem und hilft den Körperzellen sich zu regenerieren und neu zu bilden. Wichtig ist auch, täglich an die frische Luft zu gehen und dem Körper Sauerstoff zuzuführen.
Selbst während der Chemophasen, in denen ich mich wirklich schwach und fertig fühlte und die Couch und das Liegen mein bester Freund waren, zwang ich mich oder besser gesagt wurde ich angehalten von meinen Lieben, einen kleinen Spaziergang zu machen, oft nur im Garten, aber immerhin.

Alle Nährstoffe und Vitamine kann ich durch eine gesunde und ausgewogene Ernährung zu mir nehmen, und ich bin fest davon überzeugt, dass man bei erhöhtem Stress auch Vitamine und Mineralien als Hilfe für den Körper zuführen muss. Krebs wird aber nicht durch Ernährung geheilt, zumindest kam ich zu der Erkenntnis.
Da ich einen Mann habe, der den Beruf Koch erlernt hat, gibt es bei uns zu Hause täglich frisch gekochte Speisen, sehr ausgewogen und immer mit frischen Kräutern aus dem Garten.
Wir meiden schon immer Fertigprodukte, machen unsere Marmeladen vorwiegend selbst, kaufen hochwertige Ware, oft vom Bauernhof, kurzum: Wir achten darauf, unserem Körper Gutes zuzuführen. Außerdem bewegen wir uns so viel es unsere Zeit zulässt an der frischen Luft. Wir fahren viele Kilometer Rad und spielen Golf, im Winter gehen wir Ski fahren.

Ich will nicht sagen, dass wir gar keinen Alkohol zu uns nehmen, aber in Maßen, und auf andere Vitaminräuber wie bspw. das Rauchen verzichten wir komplett.

Auch heute nehme ich Vitamine, vor allem im Winter das D- Vitamin, um meinem Körper immer etwas anzubieten, dass er Unterstützung erfährt und optimal funktionieren kann.

Ich nahm auch sowohl bei meinen Hausarzt als auch bei Herrn Dr. S. Infusionen mit Vitaminen und Mineralstoffen in Anspruch. Jedoch nicht während meiner später beschriebenen Chemozeit, denn hier war ja erst mal der Sinn, die Krankheit zu zerstören.

Um den Aufbau meines Körpers kümmerte ich mich dann nach den Therapien wieder. „Du bist, was Du isst" hat durchaus einen Sinn, nur da das ganze Dasein sehr komplex ist, sind die Gedanken nicht außer Acht zu lassen. Körper, Geist und Seele sind eine Einheit.

Kann man sich gesund denken?

Ich bin überzeugt, dass wir alle göttliche Wesen sind und eine Heilkraft in unserem Inneren besitzen. Wenn wir gesunden wollen, ist es unbedingt notwendig, dass auch der Geist heilt.

In der heutigen Zeit spricht jeder immer von Ernährung, bösen Fetten, Kalorien, Kohlenhydraten, Zucker – aber welche vorgeprägten und nicht durchdachten negativen Gedanken erlauben wir uns zu „essen"?

Von klein auf werden wir sensibilisiert auf Krankheiten, und unser Körper, der unser Freund ist, wird somit nicht mit gesunden Gedanken, sondern mit ängstlichen Gedanken „gefüttert". Jegliche ambivalenten Gefühlszustände bewirken, dass keine Klarheit vorhanden ist. Die Ordnung der Gedanken ordnet auch die Körperzellen.

Gedanken sollten, speziell wenn man krank ist oder besser allgemein im Leben, generell um Gesundheit und nicht um Krankheit kreisen.

Während Behandlungen und auch in der Zeit der Klinikaufenthalte hörte ich immer geführte Meditationen. Ich will nicht pauschal sagen, negative Gedanken machen krank, ich denke, es ist natürlich, wenn man einen solchen Weg als Aufgabe hat, dass man, ins Geschehen verwickelt, nicht immer alles positiv sehen kann.

Wichtig ist, dass man sich nicht in Selbstmitleid suhlt, sondern für sich Wege und Techniken findet, auch mal ein Tief zu überwinden und die Gedanken wieder in eine positive Richtung zu lenken.

Man kann negative Gedanken immer anhalten und wieder neu denken. Davon ausgehend, dass alles Energie und Schwingung ist, kann man sich gut vorstellen, wo man mit einer schlechten Schwingung hinkommt und was mit guter Schwingung zu erreichen ist.

Auch sich Sorgen zu machen ist alles andere als hilfreich, denn man setzt negative Energien frei und zieht sich damit selbst im wahrsten Sinne des Wortes, auch energetisch, herunter – und wenn die Energie im Körper schwach ist, ist auch das Immunsystem schwach und öffnet so die Pforten für eine Krankheit. Zudem ist der Mensch manipulierbar und verliert sein Ziel, die Gesundung, aus den Augen.

Während einer Krankheit bekommt man so viele Eindrücke/Schwingungen von außen zu spüren, und hier ist es ganz wichtig, sich selbst immer treu zu bleiben. Dies erfordert Mut!

Oft grübelte ich über unüberlegte oder einfach so dahin gesagte Aussagen von Schwestern oder Pflegern, als Patient ist man sehr empfindlich und hat die Zeit über alle Äußerungen genauestens nachzudenken. Ich bin sehr froh darüber, Freunde und auch meinen Bruder zu haben, der, wenn mir etwas unklar war, es sofort googelte, mich aufklärte und wieder auf die richtige Bahn brachte. Somit hatte ich gar keine Chance, missmutig oder depressiv zu werden.

Wenn man in der Ruhe ist und in seinen eigenen Körper hineinspürt, merkt man, was einem gut tut und was nicht.
Diese Fähigkeit haben viele komplett verloren. Ich will nicht sagen, dass es einfach ist, denn die Ablenkungen heutzutage sind sehr groß. Es ist aber, und das kann ich heute im Rückblick sagen, sehr wichtig, dass man gerade bei einer Krankheit seinen eigenen Körper als sein Haus auf Erden sieht und versucht sich auf die Gesundung zu konzentrieren. Letztendlich findet man alle Antworten in sich selbst.

Ich habe mich, schon bevor mein Körper aus dem Gleichgewicht kam, viel mit Energie beschäftigt, zum Beispiel habe ich unter anderem meinen Reiki-Meister gemacht.
Aber alleine kann man so eine Situation nur schwer meistern, denn man ist zu verstrickt in seinen Gedanken und Gefühlen. Man sagt ja so schön: „Der Kopf ist rund, damit die Gedanken die Richtung wechseln können", aber bei einer Krankheit hat man auch das innere Wohlbefinden verloren. Man hat zu viele Einflüsse von außen und ist dadurch auch beeinflussbar. Bei so starken Behandlungen wie der Chemotherapie wird dem Körper ja auch ganz bewusst die Kraft geraubt. Der Körper und der Geist fühlen sich in dieser Phase dumpf an. Starr und unbeweglich, handlungsunfähig – und es gab ja auch einen Grund, warum man krank geworden ist.
An welcher Stelle muss man sein Denken ändern?
Dies ist, wenn man in der Situation lebt, sehr schwer herauszufinden, da man seine innere Stimme nur schwer vernehmen kann.
Auch körperlich konnte ich irgendwann gar nicht mehr definieren, was mir gut tat und was nicht. Durch das Reiki legte

ich immer wieder vor dem Schlafen meine Hände selbst auf und spürte auch, dass ich einen sehr hohen Puls hatte, was darauf zurückzuführen war, dass der Körper Höchstleistung vollbringen musste, denn er versuchte ja selbst gegen den Krebs anzukämpfen.

Aber ich war weit über den Punkt hinaus, an dem ich mir selbst helfen konnte.

Es ist wichtig Rat und Hilfe bei weisen Menschen zu suchen, die mit Energie arbeiten, die durch Worte Kraft und Unterstützung geben. Auch dem Körper gönnte ich Behandlungen wie Shiatsu und Reiki, um meine Energie so hoch wie möglich zu halten. Ich denke, sonst hätte ich diese ganze Zeit, auch vor der Chemo, nicht durchstehen können.

Ich fühlte mich mental nie schwach, aber ich war gedanklich in einer Sackgasse und kam nicht hinaus. Meine innere Stimme schwieg!

Das Jahr 2010

Ich beschreibe dies hier ausführlich, da das normale Leben neben der eigenen Krankheit weiter läuft und auch hier Hürden und Unwegsamkeit zu bewältigen sind.

Im Januar 2010 bekam Jan im Ski Urlaub eine Lungenentzündung und bei der Untersuchung wurde auch festgestellt, dass sein Blutdruck zu hoch war. Also haben wir den Urlaub abgebrochen und sind nach Hause gefahren. Jan besserte sich nur langsam und seine sonst immer so stabile Gesundheit schwankte in diesem Jahr sehr.

Am 27. Mai 2010 fiel Jan abends plötzlich um und rief mich dann im Geschäft an, ich sollte schnell nach Hause kommen, er brauchte einen Arzt. Total schockiert sprang ich ins Auto und raste heim. Er hatte wahnsinnige Kopfschmerzen und erklärte mir, er sei, bevor er mich angerufen hatte, schon 45 Minuten bewusstlos gewesen und wäre vom Stuhl im Büro gekippt.

Ich war außer mir vor Angst, alarmierte den Krankenwagen und rief sofort meinen Bruder an. Der Krankenwagen traf zur gleichen Zeit wie mein Bruder ein. Als Steffen das sah und hörte, veranlasste er sofort, dass der Notarzt dazu gerufen wurde. Jan hatte unerträgliche Kopfschmerzen. Die Nacht in der Klinik war schlimm, und es wurden sehr viele Untersuchungen durchgeführt, Ärzte mussten aus der Bereitschaft kommen, und ich merkte, dass dies keine normalen Kopfschmerzen sein konnten. Ich rief nachts bei meiner Tante Maria, die medizinisch sehr bewandert ist, an, und sie fragte sofort, ob sie kommen solle, aber ich verneinte. Sie googelte mir derweil, was es sein könnte und welche Möglichkeiten es gäbe. Auch fand sie gleich heraus, dass Dr. U. der Arzt sei, der dies am besten operieren könne. Jans Mama rief ich ebenfalls an, und sie stand eine Stunde später in der Klinik. Jetzt kam auch eine Diagnose. In Jans Kopf war eine Ader geplatzt und hatte sehr viel in den Kopf eingeblutet. Jan wurde für die Nacht „stillgelegt", und ich fuhr mit seiner Mama, nach Hause.

Zwischendurch telefonierte ich ständig mit Steffen und Sabine und Tante Maria abwechselnd. Jans Mama blieb bei mir, an Schlaf war nicht wirklich zu denken, denn am nächsten Morgen stand Jan eine große OP bevor. In der Nacht rief ich fast stündlich in der Intensivstation an, ich hatte solche Angst um ihn, und die Situation war wirklich prekär.

Am nächsten Morgen fuhr ich gleich wieder in die Klinik und durfte ihn vor seiner OP noch mal sehen. Er war gut ansprechbar und voller Hoffnung, dass alles gut gehen würde, das gab mir dann auch etwas Zuversicht und Kraft.

Ich bat Frau L. um eine OP-Begleitung, und ich selbst schickte Energie, Kraft und bat um eine ruhige Hand für den Operateur.

Dr. U., eine wirkliche Kapazität auf diesem Gebiet, operierte das Aneurysma, so nennt man es, wenn ein Gefäß platzt. Sieben Stunden. Alles lief gut.

Tage des Bangens!

Am 29. Mai 2010 hatte ich ein Gespräch mit Jans Eltern bei Dr. U. Er erklärte, was jetzt noch alles passieren könne, da noch sehr viel Blut im Kopf zurückgeblieben sei. Vier Wochen lag Jan anschließend auf der Intensivstation, hatte immer starke Kopfschmerzen, war oft gar nicht ansprechbar oder schlief. Ich fuhr täglich zu ihm in die Klinik.

Steffen und Sabine, es war ja jetzt schon Ende Juni, fuhren mit den Kindern in den Urlaub, und ich pendelte zwischen Klinik und Geschäft.

Im Nachhinein war dies alles zu viel für mich, denn ich war ja auch nicht fit, eher das Gegenteil. Aber wie immer ließ ich mir nichts anmerken.

Es war mittlerweile sehr warm, und ich kam immer total nass geschwitzt auf der Intensivstation an.

Trotz aller Strapazen war ich gottfroh, Jan hatte es geschafft, er war zwar noch nicht wieder der „Alte", aber es ging von Tag zu Tag bergauf.

Mitte Juni durfte/musste er gleich nach dem Krankenhausaufenthalt in die Reha nach Bad Orb.

Täglich fuhr ich oft zweimal nach Bad Orb und freute mich riesig über seine Fortschritte.

Es war wie ein Wunder, er hatte zwar anfangs etwas Koordinationsprobleme und das Gleichgewicht war beeinträchtigt, aber schon nach zwei Wochen Reha ging es ihm wieder recht gut.

Ich war sehr erleichtert, und die ganzen Sorgen fielen langsam von mir ab.

Nun wieder zu mir

Erst jetzt merkte ich, dass ich dringend eine Pause brauchte. Zu der körperlichen Anstrengung kamen ja auch die emotionalen Strapazen hinzu, und ich war richtig ausgelaugt.

Auch meine Eltern sorgten sich um mein Befinden und buchten mit mir einen Entspannungsurlaub.

Unsere Freunde Erich, Mikel, Roswitha und Yvonne kümmerten sich um Jan, holten ihn an dem Wochenende, an dem ich nicht da war, aus der Reha nach Hause, und so konnte ich beruhigt den Urlaub genießen.

Im Urlaub hatte ich auf einmal einen ganz großen, juckenden Ausschlag am Unterbauch, und wir waren in vielen Apotheken. Der Juckreiz begleitete mich über lange Zeit, und selbst Cortisonsalben halfen wenig. Irgendetwas aus meinem Inneren brach heraus. An sich tat der Urlaub gut, und es ist toll, wenn man eine liebende und unterstützende Familie hat.

Ich genoss die Zeit, und auch Jan hatte die Größe besessen mich fahren zu lassen, ohne mir ein schlechtes Gewissen zu machen – und ich wusste, dass er gut aufgehoben war.

Aber es war ein weiteres Aufschieben von Symptomen, die sich immer hartnäckiger bemerkbar machten.

Leider musste ich dann gleich nach dem Urlaub wieder eine IPT machen lassen, ich merkte immer gleich, wenn mein Körper zu sehr aus dem Gleichgewicht geraten war. Da ich ja sechs Wochen keine Zeit für mich hatte, musste ich meine Therapie wieder aufnehmen.

Immer wieder sagte ich mir, irgendwie muss ich doch diesen Krebs besiegen können!

Meine ganzen Gedanken drehten sich nur um die Krankheit oder wie ich der Krankheit Herr werden könnte.

Ich suchte Heiler auf, sei es am Bodensee, in der Schweiz oder auch in Frankfurt. Das Procedere war immer gleich. Durch Hand auflegen führte der Heiler mir Energie zu, setzte quasi Impulse und versuchte die Selbstheilung des Körpers anzuregen. Heilen muss der Körper selbst! Aber dazu muss man in sich selbst zentriert sein und zur Ruhe kommen, was mir in meinem damaligen Zustand immer weniger gelang.

Irgendwie hatte ich erwartet, dass es mir nach den Besuchen besser gehen würde, aber ich spürte keinen Unterschied, dafür immer öfter leise die Vermutung, dass dies vielleicht doch nicht der richtige Weg für mich war.

Beschäftigte ich mich zu der Zeit zu viel mit Krankheit und dachte zu wenig an meine Gesundheit? Ich wusste doch, dass ich das anziehe, worauf ich meine Aufmerksamkeit richte. Ich wusste doch um die Gesetze der Heilung und die Heilkraft. Aber zu dieser Zeit stand ich mir wirklich selbst im Weg, ich fand meinen eigenen persönlichen Heilungsweg nicht.

Jan unterstützte mich bei all meinen Entscheidungen durch seine Liebe und gab mir so die Freiheit, die ich brauchte.

Natürlich hörte ich mir viel Kritik von meiner Familie an, die so gar kein Verständnis dafür hatten, dass ich nicht endlich mit einer schulmedizinischen Behandlung anfing.

Da mich die Energiearbeit schon immer faszinierte und auch begleitete, fuhr ich mit Jan nach Österreich und machte dort meinen Reiki-Meister (Grad 1 und 2 hatte ich schon vor der Krankheit gemacht). Reiki, übersetzt universelle Lebensenergie, befähigt Energieübertragung durch Auflegen der Hände, hilft Dir zu mehr Gelassenheit und Energie.

Nach dem Seminar fühlte ich mich richtig gut und auch darin bestärkt, dass jetzt alles besser werden würde. Aber zurück im Alltag konnte ich die Energie nicht halten.

Immer wieder auch im Alltäglichen versuchte ich meine eigene Energie zu stärken. Ich machte in Frankfurt eine Massageausbildung. Jetzt bin ich ausgebildeter Massagepraktiker. Weiterhin erlernte ich die Lymphdrainage, die Breuss-Massage, Moxen, Akupressur und Meridian-Stretching.

Ich wollte unbedingt in meinem Leben etwas ändern, einen anderen Weg hinzufügen, konnte es aber in dieser Zeit nicht greifen. Ausbildungen allein nutzen wenig, wenn dann die Übung und auch die Umsetzung fehlen.

In den Momenten der Ruhe spürte ich meine eigene Kraft wieder, die durch die Hektik im Alltag verschüttet worden war.

Aber zu dieser Zeit nutzten auch die kleinen Auszeiten nichts mehr, mein Körper konnte sich dadurch nicht heilen, denn ich denke, mein Geist war zu schwach, zu unstet.

Im Oktober 2010 machte ich noch eine Ausbildung bei Dr. K. in „Quantum Entrainment": Man lernte hier in den Zustand des reinen Gewahrseins zu kommen. Ich weiß noch, dass es mir an diesem Wochenende schon sehr schlecht ging. Der Kurs fand in Frankfurt statt und ich fuhr mit zwei Freundinnen hin. Die beiden meinten, dass ich sehr fertig aussähe – und so fühlte ich mich auch. Während des Kurses schwitzte ich sehr und konnte mich gar nicht richtig konzentrieren. Mein Körper wurde einfach immer schwächer. Ich war sehr frustriert, denn alles, was ich versucht hatte, half nichts.

Im Nachhinein denke ich, dass mir dies alles immer wieder etwas Energie zuführte, aber das Fortschreiten der Krankheit, die in meinem Körper ja, zu diesem Zeitpunkt würde ich sagen „wütete", konnte es nicht aufhalten.

Irgendwann Mitte 2011 fand ich einen Bericht in einer Zeitung von Herrn Dr. K. in S., der eine tumorspezifische Immuntherapie macht, eine neue Methode, die das Immunsystem bzw.

die Leukozyten anregt, die Krebszellen, die vorher „geöffnet" wurden, zu zerstören. Gesunde Zellen werden dabei nicht angegriffen. Hörte sich gut an!

Sofort schickte ich eine Mail und fragte, welche Heilungschancen bei einem Morbus Hodgkin seiner Meinung nach gegeben seien. Da sich dies positiv anhörte und ich zu dieser Zeit auch sehr gutgläubig war, allein darum, weil ich es einfach glauben wollte, verbrachte ich zwei Wochen in S. und machte dort die Therapie. Dies war September/Oktober 2011.

Schon der Empfang war sehr undurchsichtig, und Herr Dr. K., eigentlich Hautarzt, hatte immer wenig Zeit. Es liefen den ganzen Tag fragwürdige Infusionen, und am Ende bekam ich Ampullen mit, die ich mir selbst spritzen sollte.

Eine Auskunft, was das bewirken sollte oder wie die Behandlung weiter gehen würde, bekam ich nicht.

Heute frage ich mich, warum ich mir dies angetan und auch gefallen lassen habe, ich muss schon sehr verzweifelt gewesen sein und auch sehr krank. S. ist eine tolle Stadt, aber nach der Behandlung war ich sogar zu schwach durch die Straßen zu laufen und ging immer direkt zurück ins Hotel.

Der ganze Aufenthalt bei dem Arzt hat mir eher geschadet als genutzt. Dies war, was man so als klassische Abzocke bezeichnen würde. Auf den Patienten ist man so gut wie gar nicht eingegangen, es wurde viel mit Angst gearbeitet und sehr teuer war es obendrein!

Es war eine Tortur und geholfen hat es absolut nichts, ich denke, gerade bei mir und meinem Hodgkin löste das erneut einen Schub aus.

Ende des Jahres 2011 verließ mich meine Kraft immer mehr. Ich hatte sehr abgenommen (normalerweise wog ich immer um die 58kg, jetzt war ich auf 45kg), war abends schlapp und müde, schaffte oft noch nicht einmal die 20:00 Uhr-Nachrichten, hustete ständig und fühlte mich im wahrsten Sinne des Wortes atemlos.

Ende Oktober, Anfang November waren Steffen und Sabine für ein paar Tage weg und ich schaffte es abends nicht mehr in den Betrieb. Ich erinnere mich noch an einen Abend, an dem gute Freunde reserviert hatten und ich unbedingt hin wollte, ich konnte nicht. Es ging einfach gar nichts mehr.

Tagsüber funktionierte ich noch ganz gut, man sah mir zwar an, dass ich immer schlechter aussah, aber ich lächelte es galant weg und ließ erst gar keine Fragen nach meiner Gesundheit aufkommen. Die Wahrheit war aber, dass ich jetzt selbst mit meinem „Latein" am Ende war.

Ich wusste nicht mehr weiter, machte aber immer weiter.

Ich lebte nur noch im Außen, glaubte selbst nicht mehr an meine Heilkraft, verlor mich immer mehr selbst.

So sah es in mir aus. Es überkam mich ein Gefühl der Resignation, ich war entmutigt, nichts, was ich versucht hatte, hatte geholfen. Leise meldete sich nur noch meine innere Stimme, so nach dem Motto, hey, warum vertraust du dir nicht selbst und suchst immer Hilfe bei anderen. Wo ist deine innere Intuition? In diesem Moment ereilte mich die Gewissheit, dass es so nicht mehr weitergehen kann.

Jeder schaute irritiert auf meinen Zustand, und beim Skifahren im Dezember konnte ich gerade mal eine Stunde fahren und dann verließ mich die Kraft, und auch das Atmen fiel mir zusehend schwerer.

Mir wurde immer bewusster, dass es so nicht weitergehen konnte.

Das Jahr 2012 – eine atemlose Zeit

Nach Weihnachten, besser gesagt im Januar 2012, fuhren dann erst mal mein Bruder und meine Schwägerin in den Urlaub. Ich hielt die Stellung im Hotel, aber auch hier merkte ich, dass ich abends eigentlich gar nicht mehr arbeiten konnte, es war mir alles zu viel. Meine Eltern brachten wir auch im Januar zum Flughafen, da sie für zwei Monate Südamerika gebucht hatten.

Ich schleppte mich so durch die Tage und merkte, dass es mir immer schlechter ging. Zum Nachdenken kam ich auch nicht wirklich; mein eigenes Leben lief wie ein Film neben mir her. Ich hatte mich selbst komplett verloren und dies äußerte sich auch im destruktiven Verhalten meinem Körper gegenüber.

Meine Freundin Roswitha hatte mich schon zu Weihnachten angesprochen, ob ich nicht mal einen „richtigen" Arzt aufsuchen wolle, sie mache sich große Sorgen und auch sonst der Freundeskreis sei sehr besorgt.

Ich arbeitete täglich weiter und versuchte meine IPT's zu machen, aber ich hatte das Gefühl, es spricht nicht mehr an.

Da kommen einem schon so Gedanken, ob es das jetzt war???

Ich funktionierte nur noch und auch das nicht mehr richtig ... Aber ich wollte nicht aufgeben und resignieren. Und wie es so ist, ich hörte wieder etwas, was mir neuen Mut gab.

Ein Masseur in Obertshausen hatte auch Hodgkin und fand Hilfe bei einem Heilpraktiker, heute sei er wieder ganz hergestellt.

Gleich wurde ich hellhörig und fand heraus, wo dieser Heilpraktiker ist – in Limburg – eine Stunde Autofahrt von uns.

Es war für mich wie der sogenannte Silberstreifen am Horizont! Jetzt, dachte ich, ist da jemand, der dir helfen kann. Neuen Lebensmut schöpfend, vereinbarte ich einen Termin und suchte Herrn U. auf. Er war sehr erschrocken über meinen Zustand und drängte darauf, dass ich doch auf alle Fälle ein CT machen sollte, um zu sehen, wie es „in mir" aussieht. „Ich begleite Sie gerne", sagte er, „aber Sie müssen einen Schulmediziner aufsuchen". Zur Erstuntersuchung fuhr Jan mit mir und auf dem Rückweg sagte auch er mir eindringlich, dass es an der Zeit wäre die Behandlung umzustellen.

Herr U. erklärte uns, mein ganzer Körper sei aus dem Gleichgewicht, dies sähe er unter anderem anhand einer Irisdiagnose.

Anne, die mich zu allen IPT's, Untersuchungen und Ärzten begleitete, fuhr dann auch zweimal wöchentlich mit mir zu Herrn U.

Lag ich meiner Mutter so sehr am/auf dem Herzen?

Meine Eltern waren zwischenzeitlich zurück, und im März musste meine Mutter wegen extremer Atemnot in die Klinik. Sie selbst hatte sofort den Verdacht, dass etwas mit dem Herz nicht stimmt und ging deshalb in das Rote Kreuz Krankenhaus nach Frankfurt. Zu diesem Zeitpunkt war uns leider nicht bewusst, dass dies vorwiegend ein Belegkrankenhaus ist, was zur Folge hatte, dass sich niemand richtig verantwortlich für meine Mami fühlte. Man machte schließlich ein CT und sie vertrug das Kontrastmittel nicht, fast hätten dabei die Nieren versagt.

Kurzum: Ich fuhr nun jeden Tag nach Frankfurt ins Krankenhaus, oft auch direkt von Limburg nach meiner Behandlung.
Die Sorge um meine Mutter war groß, und wir „kämpften" richtig, bis sie endlich entlassen wurde. Doch auch nach der Entlassung ging es ihr alles andere als gut und nach ein paar Tagen zu Hause brachten wir sie ins Klinikum Offenbach. Erst Herr Prof. D., zusammen mit Herrn Prof K. aus der Offenbacher Klinik stabilisierte sie wieder, und nach einer Woche durfte sie nach Hause. Langsam erholte sie sich, und es ging von Tag zu Tag besser. Mir aber leider immer noch nicht.
Anne, die mich überall hin begleitete, ein riesiges Dankeschön dafür nochmals an dieser Stelle, half mir immer, Dinge, auch wenn sie nicht einfach waren, zu lösen und nicht als Probleme, sondern als Herausforderungen zu sehen.
Jetzt drängte sie mich aber ebenfalls, einen anderen Weg einzuschlagen.
Ich hielt verzweifelt, das muss man schon sagen, fest an meiner Behandlung in Limburg, kombiniert mit Infusionen bei

meinem Hausarzt. Die Strecke nach Limburg strengte mich sehr an und am liebsten wäre ich daheim auf dem Sofa geblieben. Aber andererseits wollte ich ja auch alles daran setzen gesund zu werden und hier sah ich einen Weg, der mir helfen könnte. Herr U. nahm sich immer viel Zeit und machte sogar einen Kurs, wie man einen Port behandeln kann. Dadurch konnte er mir auch in Limburg Infusionen geben. Nach wie vor bestand er aber immer darauf, dass wir einen Schulmediziner hinzuziehen müssten und dass ein CT in meinem Zustand unbedingt notwendig sei. Alles andere sei grob fahrlässig.

Eines Morgens hatte ich Tränen in den Augen, denn ich wusste gar nicht, wie ich den Weg nach Limburg alleine schaffen sollte; Anne war zu dieser Zeit in einem wohlverdienten Urlaub.

Bei der Rückfahrt von Limburg wurde mir klar, dass ich so nicht weitermachen konnte und dringend ärztliche Hilfe benötigte. Den Rückweg aus Limburg schaffte ich nur mit mehreren Pausen und kam vollends fertig zu Hause an.

Meine Eltern flogen dann nach der Entlassung meiner Mutter nach Mallorca, open end, ohne Rückflug.

So kann es mit mir nicht weiter gehen.

Mittlerweile waren schon die Sommerferien, und auch mein Bruder und meine Schwägerin waren mit den Kindern in den Urlaub gefahren. Ich wollte keinem seinen Urlaub verderben, also schleppte ich mich weiter durch die Tage, wechselte zwischen Arbeit und Arzt. Wenn die beiden nicht da waren, war ich für das Hotel verantwortlich und ich merkte, dass ich zu diesem Zeitpunkt dem nicht mehr gerecht werden konnte. Das belastete mich zusätzlich.

Abends lag ich völlig erschöpft und trotz Hitze frierend auf dem Sofa, nachts war ich immer schweißgebadet und habe mich oft so um die acht Mal umgezogen.

Jan meinte morgens, ob eine Fußballmannschaft bei uns übernachtet hätte und auch er drängte mich immer eindringlicher, doch bitte zu einem Schulmediziner zu gehen. Dies überhörte ich erst mal wieder geflissentlich und dachte mir, wenn alle wieder zurück sind, dann kümmere ich mich um mich …

Ich buchte irgendwann die Rückflüge für meine Eltern und brachte die Tickets bei Bekannten vorbei, die sie nach Mallorca mitnehmen sollten. Als ich dort ankam, sahen die beiden mich richtig entgeistert an, so schlecht muss ich ausgesehen haben. Sie meinten, eigentlich sollten meine Eltern sofort heimkommen. Ich habe die beiden beschworen, bei meinen Eltern kein Wort von mir zu erwähnen …

Zwischenzeitlich kam Anne wieder aus dem Urlaub, und ich holte sie vom Flughafen ab. Auch das hätte ich besser nicht machen sollen!

Ich schaffte es hin, war aber so nass geschwitzt vor Schwäche und mein Körper zitterte, rebellierte und wehrte sich, Fieber hatte ich jetzt schon jeden Abend. Kurzum: Anne musste zurückfahren.

Als meine Eltern eine Woche später zurückkamen, konnte ich gar nicht mehr!

Am nächsten Morgen rief mich meine Freundin Roswitha an, und ich glaube, es war das erste Mal, dass ich zugab und von selbst äußerte, dass es mir schlecht ging. Sie war sehr erschrocken darüber, fuhr umgehend ins Hotel und traf dort auf Anne, die sie sogleich zu mir schickte.

Nach dem Telefonat mit Roswitha rief ich meinen Vater an, dass ich in die Klinik gehen möchte, und zum Glück machte Herr Prof. D. es möglich, dass ich noch ein Zimmer bekam.

Musste es wirklich so weit kommen? Anscheinend war dies mein Weg ...

Irgendwie fiel da sehr viel von mir ab, vielleicht war dieser krasse Schritt jetzt erst mal die Ruhe, die ich brauchte, und es tat unwahrscheinlich gut, die Verantwortung abgeben zu können.

Ja, den Schritt ins Krankenhaus konnte man zu diesem Zeitpunkt Erleichterung nennen und das bestimmt nicht nur für mich, sondern auch für das ganze Umfeld, das sich inzwischen sehr viel Sorgen um mich machte.

Es hört sich vielleicht paradox an, aber im Krankenhaus hatte ich die Zeit abzutauchen. Die ganze Zeit war mein Leben gefüllt, ja vielleicht sogar überfüllt und ich war immer versucht zig Dinge auf einmal zu tun. Mein Kopf dröhnte und oft habe ich vor lauter vielen Dingen, die ich tun wollte ganz vergessen, dass ich etwas für mich tun muss. Wie sollte ich nun die Tage im Krankenhaus, Tage voller Ruhe, Tage voller Geschehen lassen, nicht selbst handeln, sondern behandelt werden, auch geistig gut überstehen? Jetzt habe ich einen anderen Weg eingeschlagen und werde diesen auch konsequent gehen.

Ich sehe mich noch heute vor meinem Kleiderschrank sitzen, unfähig klar zu denken oder etwas zu packen, ich fühlte mich fiebrig, kalt und heiß gleichzeitig, zittrig und schwach. Anne kam dann und ging mir zur Hand.

Als wir nach einer gefühlten Ewigkeit in der Klinik ankamen, musste ich als erstes in die Ambulanz. Mein Vater war mit mir hingefahren und machte alle Anmeldeformalitäten mit mir.

Jan kam im eigenen Auto ins Krankenhaus und wartete dort mit meinem Vater und meiner Freundin Yvonne. Sie kam auch total geschockt von der Nachricht in ihrer Mittagspause.

Leider konnte ich sie nicht sehen, denn keiner hatte Zutritt zu den Behandlungsräumen. Alles wurde sehr professionell und effektiv durchgeführt.

Schnell wurde festgestellt, dass mein Puls viel zu hoch war, ich hatte über 39° Fieber, und mein Husten irritierte auch alle.

Es wurde ein CT gemacht und hier sah man klar das Ausmaß des Hodgkin oder besser gesagt, was er mittlerweile verursacht hatte.

Ich hatte Wasser in der Lunge, dadurch konnte ich nicht mehr richtig atmen. Noch am Abend wurde eine Punktion gemacht, und ein Liter Wasser hat meine Lunge verlassen, rechtsseitig.

Mittags kam auch Roswitha in die Klinik und sagte mir, dies sei die absolut richtige und längst überfällige Entscheidung gewesen!

Am nächsten Tag bekam ich einen Katheter gesetzt, der zum Herz führte, denn auch hier befanden sich 700ml Flüssigkeit –Perikarderguss nennt sich das. Hatte mir darum mein Herz die Führung blockiert? War ich deswegen nicht mehr fähig Kontakt zu meinem Inneren, meiner Intuition aufzunehmen?

Meinem Körper hatte es sehr geschadet, denn durch die Flüssigkeit hatte ich immer einen sehr hohen Puls und der Katheter war jetzt da, um die Flüssigkeit sukzessive abzuziehen, da dies mit einem Mal nicht möglich ist. Erst danach konnte das Herz seine natürliche Regulation wieder aufnehmen.

Mit Steffen stand ich täglich per SMS in Kontakt. Er versuchte mich immer aufzuheitern und er war es, der den Katheter Ufo benannte, da er wie gelandet auf meinem Bauch festgemacht war. Trotz aller Brisanz musste ich darüber schmunzeln!

Durch das „Ufo" wurde nun alle zwei Tage die Flüssigkeit abgezogen, das war ziemlich schmerzhaft.

Hauptsächlich wurde ich mit Cortison behandelt, und Herr Prof. D. sagte mir, es sei schon „2 vor 12" gewesen und mein Zustand sehr besorgniserregend.

Zum Glück war dann Steffen wieder aus dem Urlaub zurück, las sich intensiv in die Behandlung meiner Krankheit ein und führte die Gespräche mit Ärzten.

Toll fand ich auch, dass Herr Prof. D. mich fragte, ob das für mich okay sei, wenn er mit den Eltern, Steffen und Jan über die Krankheit redete.

Ich wollte einfach zu diesem Zeitpunkt nicht alles wissen und war dankbar, dass Steffen das übernommen hatte.

Auch meine Freundin Christiane war über alles bestens informiert und sprach mir täglich telefonisch Mut zu!

Prof. D. fing dann mit einer Cortisonbehandlung und Antibiotikagaben an. Dies schlug erst mal sehr gut an, und subjektiv fühlte ich mich täglich besser.

Auch wurde der Körper in Offenbach nochmals komplett untersucht, damit bei der nachfolgenden Behandlung keine Fehler unterlaufen.

Es wurde ein CT gemacht, bei dem ein Arzt mit im Raum war. Ich wurde durch eine Spritze am Oberkörper betäubt, und dann entnahm der Arzt an der Stelle im Mediastinum, wo der „Bulktumor" war, Proben per „Stanzbiopsie". Dies, um zu sehen wie viele und inwieweit sich entartete Lymphzellen in diesem Gewebe befinden.

Ich schreibe dies so locker, flockig, aber ich hatte richtig Angst davor. Schon als ich die große Nadel sah, wurde mir ganz schlecht – und die soll jetzt auch noch in das Gewebe zwischen meinen Brüsten eingeführt werden!? Aber durch die Betäubung spürt man recht wenig, außer vielleicht einem starken Druckgefühl.

Eigentlich war ich nach diesem Ergebnis froh, denn bei der Stanzbiopsie wurden keine entarteten Lymphzellen im Mediastinum entdeckt.

Aber trotz allem waren ja die Lymphknoten unter der Achsel und auch im Halsbereich geschwollen.

Schonend wurde mir nach ein paar Tagen beigebracht, dass eine Chemotherapie das Mittel der Wahl sei und zwar das einzige!

Tja, es ist, wie es ist, dachte ich mir. Ich habe den Weg gewählt und muss ihn jetzt auch mit aller Konsequenz gehen. Gedanken wie, warum habe ich das nicht schon früher gemacht oder wie konnte ich es nur so weit kommen lassen, habe ich versucht auszublenden, denn das vergiftet meiner Meinung nach nur den Geist und zerstreut die Gedanken, die nun wirklich auf Heilung ausgerichtet sein mussten!

Es bewirkt, dass man hadert und zaudert und jetzt war es wichtig in der Gegenwart die Situation zu erfassen und sich voll und ganz und nicht halbherzig darauf einzulassen. Das erforderte viel Disziplin und würde bestimmt auch nicht leicht werden, aber es war meine einzige Möglichkeit, also entschloss ich mich mit einer absoluten geistigen Klarheit zur Chemotherapie!

Meine erste Chemotherapie

Etwas entsetzt stellten die Ärzte fest, dass sie bei mir gar nicht mehr so viel Chemomittel einsetzen konnten, denn die Praxis S. hatte ja durch die vielen Chemos (an die100 IPT's) schon sehr viel ausgereizt.

Dadurch zog sich die Praxis S. den Unmut der Ärzte zu, und es musste von dort eine genaue Liste der verwendeten Präparate aufgestellt werden. Vorher konnte ich mit keiner, in dieser Zeit für mich ja lebensnotwendigen Behandlung beginnen.

Sämtliche Ärzte, sowohl in der Klinik in Offenbach als auch in Frankfurt waren sehr ungehalten, dass die Praxis S. hier anscheinend Kompetenzen überschritten hatte.

Die einhellige Meinung war, dass ich von dort, ohne Wenn und Aber, zu einem CT und zu einer anerkannten Behandlung hätte geschickt werden müssen.

Da mein Zustand ja so schlecht war, wäre dies die Pflicht des Arztes gewesen und ließ bei meiner Familie einen schalen Beigeschmack ob der lauteren Absichten des Arztes S. aufkommen.

Die dortige Behandlung war wohl nicht ausreichend für diese Krankheit. Es hatte zwar kurzfristig immer die Symptome gelindert, aber nie alle Zellen erwischt, so dass der Krebs immer wieder aufgeflackert ist und sich dann schlussendlich sehr ausgebreitet hat.

Ich möchte hier niemandem Schuld zusprechen, denn ich bin mündig und auch immer wieder hingegangen, und zu dieser Zeit hat es mir zumindest das subjektive Gefühl einer Linderung gegeben.

Mein Mann jedoch sagte, er hätte sich gewünscht, dass man in der Praxis S. einfach gesagt hätte, wir können hier nicht mehr helfen, wir kommen hier nicht weiter. Aber nein, ich wurde weiter und weiter behandelt! Wenn man es im Nachhinein betrachtet, leider erfolglos weiter behandelt. Hier kann ich Jan verstehen, der der Meinung ist, dass ein ausgebildeter Mediziner, dies hätte sehen müssen. Mein Zustand verschlechterte sich ja drastisch, je weiter die Zeit und folglich auch die Behandlung fortschritt.

Jan's Gedanken und Argumentation diesbezüglich kann ich sehr gut verstehen, andererseits denke ich, dass die Behandlung und der vorherige Aufbau meinem Körper evtl. auch Ressourcen gegeben haben, damit ich all dies durchhalten konnte.

Wenn ich heute darüber nachdenke, möchte ich die Praxis S., die mir ja eine ganze Zeit auch „Halt" gegeben hat, nicht verurteilen. Denn dabei würde ich mich einfach nicht gut fühlen. Ich werde durch den ganzen Weg, der hinter mir liegt, Herrn Dr. S. nie mehr so unbefangen gegenübertreten können, aber wer bin ich, dass ich mir da eine Kritik erlauben darf. Ich kann nur betonen, ich wurde niemals gezwungen und kann jetzt meine Verantwortung auch nicht auf Andere, die es damals gut mit mir gemeint haben, abwälzen.

Nachdem alles geklärt war und die medizinische Vorgehensweise vonseiten der Klinik feststand, kam Herr Dr. Se., der Onkologe der Offenbacher Klinik, und erklärte mir mit Engelsgeduld und sehr ausführlich, was jetzt auf mich zukommen würde.

Anfangs wurde von einer Chemo nach dem DHAP Prinzip gesprochen.

Sinn sei, so erklärte mir Dr. Se., die Tumorherde zu verkleinern und da ja das Cortison so gut angesprochen habe, hoffte er, dass wir auch damit Erfolg haben würden.

Die Therapie enthält zwei zytostatische Elemente und ein Cortisonpräparat.

Natürlich hat die Chemo auch Nebenwirkungen. Mir wurde erklärt, dass der Haarausfall das kleinste Übel sei. Es könne zu Übelkeit und Erbrechen führen, Ohrgeräuschen, Muskel- und Gelenkschmerzen, Empfindungsstörungen an den äußeren Nerven, Reizung und Entzündungen der Schleimhäute, speziell der Mund-, Rachen- und Speiseröhrenschleimhaut, Blasenentzündungen, Nierenentzündung, Herzrhythmusstörung usw.

Allein der Gedanke an all das verursachte mir ein flaues Gefühl im Bauch und ich bekam regelrechte Zitterattacken. Ich wollte das alles nicht hören und schickte gleich mal Energie rein, dass ich so etwas gar nicht haben wollte!

Aber die Dinge kommen oft anders als man denkt.

Vor Beginn der Therapie, also nach 3 1/2 Wochen in der Klinik, durfte ich das Krankenhaus für ein Wochenende verlassen. Es war eine Mischung aus Freude und Angst. Nach so langer Zeit im Bett fühlt man sich unsicher und immer leicht fröstelnd, aber ich war trotzdem froh nach Hause zu kommen.

Während dieser drei Wochen waren meine Eltern täglich in der Klinik. Jan besuchte mich oft sogar morgens und abends. Für alle war das Wochenende also eine herbeigesehnte Pause.

Anne war in dieser ersten Phase so erkältet, dass sie nicht da sein konnte. Steffen und Sabine waren im Urlaub.

Samstags kam ich zu Hause an und musste mich erst mal ausruhen, aber ich wollte den Sonntag, den letzten Tag in „Freiheit", unbedingt mit Begeisterung erleben und etwas mit Jan unternehmen.

Also waren wir auf meinen Wunsch hin in Bad Orb, in der Saline, irgendwie hatte ich ein großes Bedürfnis nach frischer Luft. Dort aßen wir auch etwas – Rehgulasch mit Knödeln und Rotkraut, Appetit hatte ich dank des Cortisons, und es war eine willkommene Abwechslung zur Krankenhauskost. Interessant finde ich, dass eine eigentlich so banale Geschichte noch heute präsent ist. Ja, die Werte haben sich in der Zeit sehr verschoben.

Chemostart DHAP

DHAP – diese Chemotherapie wird nach den Anfangsbuchstaben der verwendeten Medikamente benannt.

DH = Dexamethason – ein Steroid
A = Cytarabin
P = Cisplatin

Ich führe dies hier nur der Ordnung halber auf, aber ich kann keine Auskunft über die Wirkungsweise der einzelnen Inhaltsstoffe geben und will auch keine medizinische Angabe machen. Bei jeder der Chemotherapien, die ich hier aufführe, wurde täglich Blut abgenommen und kontrolliert, damit die Werte so sind, dass der Körper die Chemo auch verarbeiten kann und dass bei gravierenden negativen Veränderungen des Blutbildes sofort eingegriffen werden kann. Auch wurde ich vor jeder Chemo gewogen, damit die „Gaben" meinem Gewicht angepasst werden konnten.

Montag, 23. Juli 2012, ging es dann mit der Chemo los. Frau L. hatte ich informiert und sie gebeten, dass sie mich über die ganze Krankenhauszeit mit guten Gedanken und radionischer Unterstützung aus der Ferne begleiten möge. Andere würden vielleicht darüber schmunzeln, für mich war das eine große Sicherheit und Hilfe, auch dass ich immer anrufen konnte und sie mir dann einen für mich passenden Weg aufzeigte und meine Moral stärkte. Die Energie folgt ja bekanntlich der

Aufmerksamkeit, und ich wollte meine Gedanken und meine Energie unbedingt auf Gesundung und Heilung lenken, dabei half mir auch mit großem Engagement meine Freundin und Geistheilerin Andrea.

Sie war immer mit einem offenen Ohr da und gab Tipps und Ratschläge, so oft ich sie darum gebeten habe.

Steffen, Mami, Papi und Sabine kamen an diesem Tag rein und auch Laura war dabei, alle wussten ja, dass mir diese Entscheidung super schwer gefallen war. Zum Glück hatte ich ein Einzelzimmer und war dankbar, dass Anne angeboten hatte, mit mir zu kommen.

Ein kurzer Exkurs zum Krankenhaus

Wenn man wie ich über so lange Zeit in einer Klinik liegt, bekommt man auch einen Einblick hinter die Kulissen. Ich denke, in unserem Gesundheitssystem wird absolut an den falschen Stellen gespart.

Alle Schwestern auf der Station waren sehr liebevoll, hatten aber immer wenig Zeit. Besonders schlimm war es für das Personal in der Nacht, denn oft war eine Pflegerin für 22 Patienten zuständig. Unmenschlich und nicht zu schaffen.

Ich für meinen Teil versuchte immer so wenig wie möglich zu klingeln. Ich hatte natürlich auch den Vorteil, dass Anne bei mir war, ich quasi nicht nur eine sehr enge Vertraute mit hatte, sondern auch jemand, der sich intensiv nur um mich und meine Belange kümmerte.

Bei Übelkeit holte sie mir Tropfen am Empfang, wir wechselten selbstständig die Infusionen, die die Schwestern uns morgens hinstellten, brachten unsere Essenstrays raus und versuchten so wenig wie möglich aufzufallen und Arbeit zu verursachen.

Auch die Ärzte leisten ein Pensum, das an den Kräften zehrt. Gerade nachts fiel das sehr auf. Ein Arzt war für mehrere Stationen zuständig und wenn dann zu später Stunde noch eine Chemo angehängt werden musste, musste man lange warten und realisierte, dass auch von diesem armen Stationsarzt noch die Notfälle auf den Stationen, für die er verantwortlich ist, mit versorgt werden müssen. Das ist auf Dauer untragbar.

Das Essen in der Klinik war gut, es gab ein Serviceteam, das nur für das Bestellen, Auftragen und Abtragen der Speisen verantwortlich war. Man bekam einen Wochenplan und durfte sich nach Gusto auswählen – und nachmittags gab es immer ein Stück Kuchen und eine Tasse Tee oder Kaffee. Tee konnte man sich den ganzen Tag an der Teestation holen, und auch frisches Wasser stand dort immer bereit.

Total überfordert und unterbesetzt sind die Pfleger, die die Krankentransporte im Haus machen müssen. Zum Glück konnte ich meist selbst gehen und wenn nicht, war Anne da, die sich kümmerte.

Es waren aber viele Kranke in den Fluren vor den Behandlungszimmern, die oft Stunden in ihrem Bett auf einen Transport warten mussten. Man lag da immer im Zug und förderlich für die Gesundheit ist das ganz bestimmt nicht.

Die Hygiene im Krankenhaus lässt auch wirklich zu wünschen übrig. Eine Fremdfirma kommt zum Putzen. Ein Lappen wird verwendet, um das Zimmer zu entstauben. Mit diesem wischt man oft als erstes das Waschbecken und die Toilette und dann noch schnell über den Nachttisch.

Anne und ich gewöhnten uns an, bei jedem unserer Aufenthalte zuerst einmal das ganze Zimmer zu desinfizieren, und wir hatten auch auf der Toilette immer Sagrotan stehen. Wenn ich zum WC ging, sprühte ich danach immer den Deckel ab, damit Anne sich nichts holen konnte und das Chemogift nicht abbekam.

Im Flur wurde auch „toll" geputzt, vor den Aufzügen bspw. wurde erst der Boden gewischt, bevor man mit dem gleichen Wischer über die Türen und Knöpfe ging.

Auch hier, denke ich, wird an der falschen Stelle gespart, und die Schwestern und Ärzte, die ja sowie so keine Zeit haben, kann man dafür nicht verantwortlich machen.

An dieser Stelle möchte ich allen Schwestern der Station 6c ein großes DANKE sagen und Hut ab vor der Leistung, die da erbracht wird.

... zurück zu meiner ersten Chemo

Anne blieb also während der Chemotage immer bei mir im Krankenhaus. Dies gab mir eine enorme Sicherheit, da immer jemand für mich da war und da es meine erste richtige Chemo war, wusste ich ja gar nicht, was mich erwartet.

Mein Blut wurde vor Beginn überprüft und ich wurde gewogen.

Zum Glück hatte ich meinen Port, und am ersten Tag wurde dann eine Infusion mit Chemopumpe angeschlossen. Die Chemopumpe regelt genau, wie lange eine Chemo einläuft und mit welcher Geschwindigkeit. Außerdem macht das Gerät darauf aufmerksam, wenn es nicht weiter läuft oder auch, wenn die Infusion beendet ist und gewechselt werden muss. Ein sehr eigenartiges Gefühl mit so einem Gerät für viele Tage „verbunden" zu sein.

Bevor die Chemo an mich gehängt wurde, segnete ich sie, mit der Bitte ans Universum, dass sie mir nützen und helfen solle, mit dem geringstmöglichen Schaden. Ich habe mich dann immer in blaues Licht gestellt und meine Engel gebeten nach mir zu schauen und mich in der schweren Zeit zu unterstützen. Oft kam mir in dieser Zeit der Gedanke, dass ich vielleicht auch zu sehr in die Dualität gegangen bin, da ich ja eine Chemo immer kategorisch ausgeschlossen habe. Vielleicht sollte mir gezeigt werden, dass alles seine Daseinsberechtigung hat. Dass auch ein Krankenhaus wichtig ist und dass es auf der Welt nichts gibt, was es nicht geben dürfte. Jetzt war ich dankbar, dass mir das Leben die Chance gab, meine Gesundheit mit Hilfe der Schulmedizin wieder herzustellen.

Die Chemo lief 24 Stunden und bestand aus zwei Teilen: Dexamethasontabletten und Cisplatin als Infusion. Die erste Infusion steckte ich ganz gut weg, nachts schwitzte ich sehr und es kam gelber Schweiß aus meinen Poren.

Anne wusch mich so um die zehnmal ab und half mir beim Umziehen. Dadurch dass ich den ganzen Tag und auch nachts „angeschlossen" war an Infusionen, war ein Wechseln der Kleider gar nicht so einfach. Wir hatten extra kurzärmelige Blusen – es war ja Sommer und warm – dabei, die wir immer im Wechsel anzogen und wieder trockneten.

Anne sagte, dass so das ganze Gift auch schnell wieder rauskäme, also sahen wir auch im Schwitzen das Positive. Überhaupt sprachen wir beide nie von der Krankheit, sondern davon, dass jetzt alles gut werden würde, auch wenn der Weg etwas steinig werden würde.

Davon waren wir beide überzeugt! Ich sowieso, denn ich wollte ja unbedingt wieder gesund werden und Anne half mir dabei.

Auch meine ganze Familie, die mich täglich besuchte, war erleichtert, dass ich diesen Weg nun ging und auch fest davon überzeugt, dass es gut werden wird.

Dies gab mir eine enorme Kraft und einen festen Willen dies alles ohne größere Probleme zu überstehen.

Am 2. Tag gab es wieder die Cortisontabletten und dann Cytarabin als zwei Infusionen im Abstand von zwölf Stunden. Die Infusion selbst lief ca. zwei bis drei Stunden, dann wurde zwei Tage die Dexamethason gegeben. Ich merkte, dass mein Kopf irgendwie immer dusseliger wurde und ich nur noch eine beschränkte Wahrnehmung hatte.

Meine jüngere Nichte Letizia kam mit Sabine und Steffen in die Klinik. Sie legte sich zu mir ins Bett und spielte mit meinem Ipad. Kinder sind einfach klasse!

Morgens noch vor dem Krankenhausfrühstück schielte ich auf mein Handy und erwartete die „Guten-Morgen"-SMS von meinem Bruder. Sehr oft schrieb er etwas Lustiges, und so fing mein Tag gut an!

Die SMS kamen übrigens jeden Morgen während meiner ganzen Krankenhauszeit und auch in den Tagen zu Hause und wenn ich nicht gleich geantwortet habe, kam oft ein besorgtes Fragezeichen und ich kann gar nicht ausdrücken, was es bedeutet, wenn man so geliebt und geschätzt wird. Ja, es hat mir gezeigt, dass ich ihm sehr wichtig bin und das hat mir Mut gemacht und meinen Kampfgeist zur Gesundung geweckt!

Jan kam jeden Morgen zum Frühstück und brachte mir öfters mal ein Croissant oder ein Pain au chocolat mit.

Dank wirklich guter Tabletten blieb zum Glück die so befürchtete Übelkeit aus, ich konnte zwar nicht mehr so viel essen, mein Magen fühlte sich flau an, mir war auch immer leicht schlecht, aber gebrochen habe ich nicht. Nach den vier Tagen unter ständiger Blutkontrolle durfte ich die Klinik verlassen. Dies war dann am 28. Juli, meinem Geburtstag. Anne hatte mir morgens Luftballons aufgeblasen und sie an meinen Nachttisch gehängt, das war so süß!

Nach dem Frühstück und einer letzten Blutkontrolle und der Aufforderung, wenn irgendwie Fieber auftreten sollte oder es mir nicht gut ginge, sofort wieder in die Klinik zu kommen, wurde ich entlassen.

Das erste Mal nach der Chemo nach Hause

Da neben unserem Haus zu dieser Zeit eine Baustelle war, wollte ich bei meinen Eltern schlafen und war nur kurz bei uns daheim.

An diesem Mittag hatte meine Mami liebevoll einen Kaffeetisch für mich gedeckt, ich hatte ja Geburtstag, Verwandte kamen und hatten mir einen Kuchen gebacken, Tante Karin hat mir meinen heiß geliebten und von ihr gebackenen Kirschkuchen gebracht und Yvonne, die gerade aus Spanien kam, kam auch zum Kaffee und brachte mir eine pinkfarbene Icewatch und eine Kette aus bunten Steinen mit.

Hoffentlich kann ich das mal wieder anziehen, dachte ich mir nur…

Jan und Papi waren natürlich auch dabei. Wo meine restliche Familie war, daran kann ich mich jetzt gar nicht mehr erinnern.

Ich wollte so stark sein, aber nach einer halben Stunde musste ich mich schon wieder aufs Sofa legen. Keine Kraft mehr, mein Kopf, als würde er nicht zu mir gehören, einfach fertig, um es kurz zu beschreiben, die Chemo zeigte ihre Nachwirkungen.

Meine Freunde Roswitha und Erich kamen ein paar Tage später aus dem Urlaub und besuchten mich nachmittags, da ging es mir nicht so gut. Sie brachten einen tollen Strauß Freilandrosen mit, aber irgendwie konnte ich mich gar nicht richtig aufrecht halten, war sehr müde und habe die ganz Zeit furchtbar geschwitzt. Ich packte dann immer die kleinen Gästetücher unters T-Shirt und wechselte diese in halbstündigem Takt, da ich ständig „nass" war.

Ansonsten saß oder lag ich meist auf dem Sofa, umsorgt von Mami und Papi, döste vor mich hin und bekam eigentlich gar nichts so richtig mit.

Mittags nach einem Snack, denn richtig essen konnte ich ja nach wie vor nicht, schlief ich täglich zwei Stunden.

Nach Hause sollte ich auch nicht, da jeder Angst hatte, meine Hunde könnten Krankheiten übertragen und meiner Brandy, einem Golden Retriever, ging es zu dieser Zeit auch ganz schlecht, es war das Alter, sie war mittlerweile schon 16 Jahre alt. Jan war mit ihr beim Tierarzt und hat ihr Antibiotikum geholt, aber besser wurde es nicht wirklich.

Jan kam dann auch immer zu Besuch, es war schon alles unwirklich und doch so real. Ich kam mir vor wie ferngesteuert. Mir ging es nicht gut, es war mir übel, aber auch zu Hause zum Glück nie so schlecht, dass ich mich hätte übergeben müssen. Ich war ausreichend mit Tabletten versorgt. Neben den drei Cortisontabletten, die ich täglich einnehmen musste, hatte ich Tabletten gegen eine eventuell aufkommende Blasenentzündung, Augentropfen, Mundlösung, Vitamin D, ein Herpesmittel und Antibiotikum.

Auch dies ging alles auf den Magen und es war mir eigentlich zuwider es zu nehmen. Natürlich waren meine Antibrechtabletten, meist Vomex und meine Paspertin oder MCP Tropfen gegen Übelkeit, meine ständigen Begleiter.

Besonders schlimm waren die Nächte, denn gut geschlafen habe ich in dieser Zeit nicht, der Körper vibrierte und arbeitete. In der Nacht konnte man das am deutlichsten wahrnehmen. Ich grübelte oder sinnierte nicht, denn ich fühlte mich immer wie zugedröhnt, nur schlafen konnte ich auch schlecht. Klar, ich lag quasi den ganzen Tag nur herum und machte auch immer den Mittagsschlaf, aber die Nächte waren lang und zogen sich. Ich schlief in meinem alten Bett, ganz alleine. Einerseits war ich darüber froh, denn ich konnte aufstehen, wann ich wollte, das Licht anmachen, fernsehen und störte dabei niemanden, andererseits fühlte ich mich auch alleine.

Wenn es dann Morgen war, freute ich mich bei Mami zu Hause auf mein „Klepperei" mit Maggi und kleine Brötchenhappen mit Butter, die ich reingetunkt habe. Dies habe ich als Kind schon immer gern gegessen und jetzt kräftigte es mich und war gut zu schlucken.

Jeden zweiten Tag fuhr ich mit Anne zur Blutkontrolle in die Klinik und konnte hier immer direkt in die Station 6c gehen. Erst später wusste ich wirklich zu schätzen, was Prof. D. da für mich möglich gemacht hatte. Wenn ich nur an die langen Wartezeiten in der Uniklinik denke, wurde ich hier wirklich bevorzugt behandelt.

Mein erstes Gespräch mit Herrn Prof. B

Es lief alles nach Plan. Die erste Chemo hatte ich überstanden, und nach der Erholungsphase wurde eine CT-Kontrolle gemacht. Alles hatte gut angesprochen und sich auch etwas gebessert, war aber weit entfernt davon ganz weg, also geheilt zu sein.

Herr Dr. Se. wollte noch eine 2. Chemo machen. Ich war darauf nicht vorbereitet und erst mal enttäuscht, denn ich dachte, eine genügt!

Herr Dr. Se. und Herr Prof. D. erklärten mir dann auch vorsichtig, dass ich mich bei Herrn Prof. B. von der Uniklinik Frankfurt vorstellen müsse, denn eine Weiterbehandlung sei in der Klinik in Offenbach nicht möglich.

Steffen, der immer alles gegoogelt hatte und über alles informiert war, er hätte fast eine Doktorarbeit über das Thema schreiben können, wusste schon vorher alle Schritte und begleitete mich sanft auf den richtigen Weg, denn eigentlich wollte ich dies ja alles meinem Körper gar nicht zumuten, aber hatte ich eine Wahl???

Meine Tante Maria, die mich auch täglich anrief und mich tatkräftig unterstützte, fand heraus, dass Herr Prof. B. auch in Mühlheim eine Praxis hatte.

Dies kam mir sehr gelegen, denn ich fühlte mich sehr schwach und eine Fahrt nach Frankfurt war in dem Moment für mich eine undenkbare Strapaze. Also verabredete ich einen Termin in Mühlheim und Steffen und mein Vater begleiteten mich.

Hier wurde mir erklärt, dass ich mit einer Knochenmarkstransplantation eine Heilungschance hätte und mein Bruder, sehr gut auf das Gespräch vorbereitet, fragte nach allen Eventualitäten.

Ich bekam, ehrlich gesagt, sehr wenig mit und weiß nur noch, dass Herr Prof. B. erklärte, dies sei die einzige Möglichkeit und wenn aus seiner Familie jemand erkrankt wäre, würde er auch diesen Weg gehen.

Das erste und wichtigste war, dass ich nach der Therapie (der 2. DHAP) zur Bluttypisierung in die Uniklinik kommen sollte.

Offenbach war inzwischen informiert worden und ich musste täglich Neupogen spritzen, damit sich die Granulozyten vermehrten und vermehrt blutbildende Zellen aus dem Knochenmark ins Blut abgegeben würden.

Herr Professor B. ordnete eine Blutabnahme und ein CT an der Uniklinik an, damit er den exakten Status meiner Erkrankung vor Augen hatte.

Der 2. DHAP-Zyklus

Ich machte dann die 2. „Runde" DHAP vom 14. August 2012 bis 18. August 2012. Anne war wieder mit im Krankenhaus und „zwang" mich täglich mich zu bewegen, damit meine Muskeln nicht abbauten und damit wir auch meine Lymphe ein bisschen auf Trab hielten. Also liefen wir beide Treppen und Krankenhausgänge ab und bei schönem Wetter gingen wir durch den Krankenhauspark. Einmal liefen wir sogar bis zu einem Restaurant, und ich habe dort eine Apfelsaftschorle getrunken. Ganz banale Dinge machen einem in solch einem Zustand schon Freude! Da es warm war, konnten wir draußen sitzen und kamen so auch nicht groß mit anderen Menschen in Berührung. Ich musste sehr aufpassen, da mein Immunsystem so schwach war. Jan holte uns von dort ab, denn den Rückweg per pedes hätte ich nicht mehr geschafft.

Anne und ich waren jetzt schon ein eingespieltes Team. Morgens nach dem Frühstück und zwischen den Infusionen spielten wir oder hörten meine Meditationen, Anne löste Kreuzworträtsel und ich spielte mit meinem IPad Solitaire. Abends gönnten wir uns, wenn es mein Magen erlaubte, immer vor dem Fernsehen ein Snickers.

Hört sich doch nach etwas Normalität an, ja das wäre es auch gewesen, wären da nicht die Krankenhausatmosphäre und die immer wieder angehängten Chemos, die meinen Alltag bestimmten.

Jeden Morgen und jeden Abend kam Jan in die Klinik und brachte mir eine kleine selbstgemachte Überraschung mit. Mal einen frisch gepressten Karottensaft, mal einen selbstgemachten Holundersaft, mal eine Brühe in der Thermosflasche – und dann fuhr er auch öfters nach Frankfurt zu einem Bäcker und holte mir meine Lieblingscroissants. Es war rührend, wie er versuchte mich hochzupäppeln und mir mit immer guter Laune und witzigen Kommentaren half meine Krankheit ein wenig zu vergessen.

Mami und Papi besuchten mich täglich und brachten auch zweimal Lauri mit, mein großes Patenkind, worüber ich mich sehr freute.

Seltsamerweise war ich dankbar für kleine Dinge und mein Fokus veränderte sich.

Im Krankenhaus stand die Welt irgendwie still. Hier hatte ich einen eigenen Lebensrhythmus (schlafen, essen, Behandlungen, Infusionen, abends fernsehen, mit Anne plaudern ...), natürlich diktiert durch die festen Zeiten im Krankenhaus. Ich selbst war komplett frei von Verpflichtungen. Ich musste nicht immer verfügbar sein oder irgendwo hingehen, ich lag dort in meinem Bett und mein einziger Fokus war das Gesundwerden und den verfolgte ich hartnäckig.

Unterstützt auch durch tägliche Anrufe von Familie und Freunden. Jeder kümmerte sich rührend um mich. Es ist toll, wenn man in ein positives Umfeld integriert ist und einen sensationellen Freundeskreis hat.

Negative Gefühle wie Angst oder Leere ließ ich gar nicht aufkommen, ich erfuhr Hilfe und wurde umsorgt von Menschen, denen ich wichtig war.

Ich will nicht sagen, dass ich mich im Krankenhaus wohl fühlte, aber ich hatte solch eine innere Zufriedenheit, jetzt den Weg gefunden zu haben, der mich wieder in die Gesundheit bringt, davon war ich fest überzeugt.

Ich lebte von einem Tag auf den anderen und versuchte jeden Tag zu schätzen, an dem ich einen Fortschritt – und war er auch noch so klein – gesehen oder gespürt habe. Dankbar war ich, dass es mir nicht immer so übel war, dass ich etwas essen konnte, einfach für alles in der Zeit, dem ich etwas Positives abgewinnen konnte.

Jeden Abend betete ich und bat um Heilung und die Kraft aus dem Universum, dass ich das alles durchstehen kann.

Ja, man wird demütig und das einzige, was zählte, war das Hier und Jetzt, weiter wollte ich nicht denken und alles andere blendete ich aus. Jan und meine Lieben, alle unterstützten mich dabei täglich.

Kurz vor dem 2. Zyklus fingen meine Haare an auszugehen. Es ist ein befremdendes Gefühl, wenn man sich durch die Haare fährt, und auf einmal ein ganzes Büschel in der Hand hat, aber ich war ja darauf vorbereitet und hatte es eigentlich schon nach den ersten Chemos erwartet. Aber wie ich jetzt Lebewohl zu meinem alten Leben sagen musste, so musste ich mich jetzt auch von meinen Haaren verabschieden.

Jan machte den Vorschlag mit seinem Rasierer vorbeizukommen, und so schoren wir an einem Morgen meinen immer kahler werdenden Kopf komplett. Ich war gar nicht so schockiert, als ich mich ohne Haare sah. Anfangs empfand ich dies sogar als eine Erleichterung, denn ich hatte zumindest subjektiv das Gefühl, dass das Schwitzen dadurch etwas reduziert wurde.

Ich war sooo froh, als Lauri sagte, Deidi, Du siehst gar nicht so schlecht ohne Haare aus … Man wird bescheiden und kann sich über Kleinigkeiten freuen. Jan gefiel meine neue „Frisur" ebenfalls gut, wir beide konnten jetzt im Partnerlook gehen, da er ja auch ohne Haare trägt. ☺

Andererseits war es sehr ungewohnt, es sah zwar nicht mal so übel aus, aber man merkte den kleinsten Windzug und jetzt musste ich dann doch Mützen besorgen.

Meine Freundin Christiane aus dem Schwarzwald schickte mir zwei Schildkappen aus ihrer Firma, die ich dann täglich aufgesetzt habe.

Meine Perücke

Mit Jan und Anne fuhr ich gleich am 19. August 2012, einen Tag nach meiner Krankenhausentlassung, in einen spezialisierten Perückenladen im Rodgau und suchte mir meine Perücke aus. Wahnsinn, wie viele Perücken dort hingen! Nach mehreren Proben fand ich eine, die sehr natürlich aussah und mir auch gefiel, wobei aber das künstliche Haar oft piekte.

Nach dem Kauf fuhren wir zu meinen Eltern und führten die Perücke vor. Eine Begebenheit treibt mir heute noch die Tränen in die Augen, so rührend war das. Wir kamen im Hof an, und Letizia, meine kleine, damals vierjährige Nichte, spielte im Garten. Für sie war es sowieso schwer verständlich, dass ihre Tante keine Haare mehr hatte, aber es wurde ihr erklärt, dass ich krank sei und wenn ich wieder gesund wäre, dann kämen auch die Haare wieder.

Sie spielte also und sah uns schon von weitem. Sie rannte auf mich zu und rief: „Deidi, Du hast ja wieder Haare, Gott sei Dank, Du bist wieder gesund!"

Ein paar Sätze zur Chemotherapie

Die in der Chemo enthaltenen Zytostatika wirken ja nicht nur gegen die Krebszellen, sondern greifen alle Zellen an, vor allem die, die sich schnell teilen (Blut, Haare, Mundschleimhaut, Magenschleimhaut).

Die körperlichen Beschwerden wie Taubheitsgefühle, Neuropathien genannt, an den Händen und Füßen, hauptsächlich an den Finger- und Fußspitzen und Schwellungen der Hände, Wassereinlagerungen, Magenschmerzen, trockene und rissige Haut, sind eigentlich ganz gut handhabbar, und man wird in der Klinik so gut es geht mit Medikamenten unterstützt, die einem das Leben erleichtern. Da das Immunsystem sehr in Mitleidenschaft gezogen oder man kann auch sagen runtergefahren wird, bekommt man auch jede Menge Tabletten gegen Pilze und bspw. auch Augentropfen mit Cortison, um Entzündungen der Augen zu vermeiden, Tropfen, damit die Mundschleimhaut nicht von Pilzen befallen wird, Tabletten gegen evtl. Harnwegsentzündungen, Antibiotika, ...

Die Haut muss während der ganzen Zeit gut gepflegt werden, und auch im Krankenhaus bekommt man gute Salben. Die Kopfhaut ist sehr kälteempfindlich, überhaupt das Gefühl ohne Haare ist ungewohnt. Wenn man bedenkt, dass die Haare doch sehr viel Schutz bieten, merkt man nun, dass fehlende Haare den Körper richtig auskühlen können und man sehr viel leichter friert.

Nach mehreren Chemos stellte sich bei mir dann ein Kribbeln in Händen und Füßen ein, nachts kühlte ich dann oft oder suchte kühle Stellen im Bett. Gegen die Mundtrockenheit hatte ich immer Mundspülungen auch meine elektrische Munddusche und elektrische Zahnbürste mit in der Klinik, damit ich ja keine größeren Aphten (Entzündungen im

Mundraum) bekäme. Dies funktionierte in Offenbach bei den ersten drei Chemos auch sehr gut und mir blieben Schmerzen beim Essen erspart. Bei der Transplantation in der Uniklinik konnte ich mir selbst nicht mehr vorstehen, und da halfen auch keine Spülungen oder Kräutertees, denn ich konnte gar nichts mehr schlucken und wurde künstlich ernährt.

Erschreckend fand ich, was die Chemo mit dem Geist anstellt. Der Geist ist seicht und man fühlt sich sich selbst entfremdet und erstarrt. Da die Zytostatika je nach Chemo sehr stark sind, sind die Auswirkungen auf den eigenen Körper gar nicht absehbar. Dies beschreibe ich auch noch im Einzelnen anhand der drei verschiedenen Chemotypen, die ich bekam.

Die Chemo nahm mir das Körpergefühl, und ich hatte zwischen den Chemopausen nur wenig Gelegenheit mich selbst wieder zu spüren. Erwähnenswert und wichtig finde ich auch, dass der Geschmackssinn zeitweise gar nicht mehr vorhanden ist. Es ist wie ein Geschmackstinnitus. Das ganze Essen schmeckt nach Einheitsbrei und man kann Tee nicht von Kaffee unterscheiden. Erst wenn so etwas Selbstverständliches wie Geschmack mal nicht mehr selbstverständlich ist, merkt man, dass es die einfachen Dinge sind, die man zum Glück und glücklich sein braucht.

Körperlich schlauchte die Chemo enorm, und ich hatte gar keine Energie. Der ganze Tag zog immer wie im Nebel an mir vorbei, und ich spürte auch sehr lange nach den Chemos immer noch diese bleierne Müdigkeit. Ja, ich würde sagen, eine Chemo erfordert alle vorhandenen Kräfte und laugt enorm aus.

Zwischen zwei Chemos

Nicht nur die Krankenhausroutine nimmt die Lebendigkeit, sondern auch in der chemofreien Zeit verbrachte ich viele Stunden auf der Couch bei meinen Eltern. Liegen war immer das Beste!

Es war noch sehr warm, und ich durfte während der ganzen Chemozeit ja auf keinen Fall in die Sonne.

Die Haut war ohnehin schon sehr angegriffen und trocken, klar, sie musste Höchstleistungen erbringen, denn ich schwitzte ja die ganzen Gifte permanent aus.

Meine Mami war ständig dabei Handtücher zu bringen und zu wechseln; es war unglaublich, wie schnell mein T-Shirt wieder durch einen Schweißausbruch durchnässt war ...

Ich selbst war sehr teilnahmslos, da ich vieles nur durch einen Schleier wahrgenommen habe. Es kam mir so vor, als seien alle Empfindungen wie abgetötet. Weder Freude noch Wut noch Schmerz kamen richtig auf. Ich lebte einen Tag nach dem anderen und war schon froh, wenn mir zeitweilig mal nicht der Magen rebellierte oder ich „schnell" zur Toilette musste, da ich schon wieder Durchfall hatte.

Für meine Eltern und mein ganzes Umfeld war dies auch schwer, denn man konnte sich nicht mit mir unterhalten, es interessierte mich gar nichts, ich war dumpf und konnte Stunden nur so vor mich hin starren. Selbst wenn die Kinder zu Besuch kamen, konnte ich mich nicht zusammenreißen und war auch nicht zum Scherzen aufgelegt, was speziell unsere Kleine sehr irritierte. Aber es half alles nichts, es war wie es war.

Mein erster Termin in der Uniklinik

Mit meiner neuen Perücke bin ich dann zu meinem ersten Termin in die Uniklinik. Diesmal Blutabnahme und zum CT.

Das Offenbacher Krankenhaus war mir sehr vertraut, aber in der Uni fühlte ich mich richtig verloren und unwohl. Es kam mir anfangs wie eine große Fabrik vor, und ich wusste gar nicht, wo ich hin musste.

Es waren so viele Menschen in den Wartezimmern, ohne Mundschutz konnte man sich hier gar nicht bewegen, alle Ärzte waren gestresst, so viele Kranke.

Ich war ganz verzweifelt, aber zum Glück war Anne dabei.

Frau S., die Sekretärin und Perle von Herrn Prof. B., war immer sehr nett und versuchte ein wenig Menschlichkeit in die Geschehnisse zu bringen, aber auch sie hatte immer wahnsinnig viel zu tun.

Nach der Anmeldung nahm sie das Blut ab. Da sie es nicht aus dem Port abnehmen wollte, hatten wir große Schwierigkeiten eine Vene zu finden, aber schließlich ist es dann gelungen.

Zu dieser Zeit war die ganze Uniklinik eine große Baustelle. Daher mussten wir das Blut immer selbst in ein Nebengebäude bringen. Das erste Mal irrten wir auf dem Unigelände herum, bis wir es gefunden hatten.

Danach schickte sie mich in ein weiteres großes Gebäude zum CT. Hier warteten wir erst mal fünf Stunden, bis wir schließlich drankamen. All dies war in meinem Zustand ein richtig großer Kraftakt. Ich war immer sehr zittrig und konnte mich nie lange Zeit auf den Beinen halten. Auch das Laufen von einem zum anderen Gebäude war einfach anstrengend und schweißtreibend.

Auch hier scheiterte das Setzen eines Zugangs, durch den das Kontrastmittel gespritzt werden sollte, an meinen Venen.

Nach mehreren Versuchen wurde keine Vene gefunden, also bekam ich das Kontrastmittel durch den Port gespritzt.

Für mich war das alles noch neu und ich hatte generell wenig Erfahrung, und in Offenbach wurde man in dieser Hinsicht richtig „gepampert".

Ich hatte schon ein ungutes Gefühl vor dem CT und mir ging es auch nicht gut. Das CT wurde gemacht, und ich musste 20 Minuten warten, bis die Nadel wieder aus meinem Port gezogen wurde. Dies wurde dann im Stehen gemacht und auch ohne Handschuhe. Ich erwähne dies hier nur, da wir fortan immer darauf geachtet haben, dass ich nur mit Handschuhen behandelt wurde.

Schon im Auto merkte ich, dass es mir zusehends schlechter ging. Ich fing an zu frieren und fühlte mich elend. Wahrscheinlich wurde der Port nicht richtig gespült, also kam ich nach Hause und hatte von jetzt auf gleich über 40 Fieber und mir war so übel, dass ich gebrochen habe.

Mein Port wurde wieder herausoperiert

Jan schnappte mich sofort und wir sind wieder in die Klinik nach Offenbach gefahren, wir wussten ja nicht, was los war. Gleich wurde ein Abstrich vom Port genommen, und es stellte sich heraus, dass dieser infiziert war und sofort entfernt werden musste. Auch das noch, das hatte mir gerade noch gefehlt.

Ich rief heulend Anne an, die umgehend ins Krankenhaus kam. Ich bekam fiebersenkende Mittel und eine Hochdosis Antibiotika – Tacobak – und wurde noch am selben Abend operiert.

Vorher geschah aber noch Folgendes: Der Arzt kam, um mit mir die Vorgehensweise bei der Herausnahme des Ports zu besprechen und mich über die Risiken aufzuklären. Anne hörte das alles still mit an, und als er mit seiner Erklärung fertig war, meinte sie nur mit erhobenem Zeigefinger: „Passen Sie mir bloß auf, dass nichts passiert." Das hätte sie mal besser nicht gesagt, denn die Reaktion des Arztes haute uns um! „So sprechen Sie nicht mit mir", drohte er, „schon bei meiner Mutter habe ich es gehasst, wenn sie mir mit dem Zeigefinger gedroht hat!" Da hatte Anne in ein „Wespennest" gestochen. Wir waren so geschockt von der Heftigkeit seiner Worte, ein regelrechter Wutausbruch wegen einer Lappalie, denn Anne meinte es ja nur besorgt und gut.

Jetzt bibberten wir, dass er mich nun bei der Operation benachteiligen würde, so nach dem Motto: „Dir werde ich es geben". Aber er war Gott sei Dank sehr professionell und alles lief ohne Komplikationen. Der Port wurde ausgebaut. Ob es an Unsauberkeit oder meinem schlechten Allgemeinzustand, also auch sehr schwachem Immunsystem lag, sei dahingestellt.

Jetzt fing meine Odyssee erst richtig an, ich hatte keinen Port mehr und meine Behandlungen gingen ja weiter.

Ich bekam jeden zweiten Tag Blut abgenommen, und das war jetzt gar nicht mehr so einfach, um nicht zu sagen fast unmöglich.

Der 2. Termin bei Herrn Prof. B.

Eine Woche später, kurz vor meiner dritten DHAP-Runde, hatte ich einen weiteren Termin in der Uniklinik, zur Kontrolle der Granulozyten.

Die ganze Zeit über spritzte ich täglich Neurolast. Nach der Blutabnahme warteten wir wie üblich, bis wir aufgerufen wurden; es war recht früh am Morgen und viel gegessen hatten weder Anne noch ich.

So gegen 11:00 Uhr wurden wir schließlich zur Besprechung reingerufen und Prof. B. meinte, es sähe gut aus und wir würden heute einen Sheldon (einen großen Katheter, aus dem man Blut abnehmen kann. Er wird meist am Hals oder in die große Vene am Schlüsselbein gesetzt) legen, um morgen in der Rot-Kreuz-Station meine Blutstammzellen abzunehmen. Ich war komplett überrumpelt, nie hätte ich gedacht, dass dies so schnell geht. Anne, immer positiv, sagte: „Auf, das bringen wir jetzt auch „schnell" hinter uns!"

Wir mussten gleich zur OP-Ambulanz, und dort sollte ich operiert werden.

Nach ca. zweistündiger Wartezeit kam ich dann dran, Anne wartete draußen.

Ich wurde auf eine Trage gelegt, alles wurde steril gemacht und eine Assistenzärztin kam, um mir den Sheldon zu setzen. Dafür wurde wieder ein Zugang per Vene gesucht, der dann zum Glück am Fuß gefunden wurde. Ich war schon immer schweißgebadet, wenn ich daran dachte, dass wieder gefühlte 100 Stiche kommen, bevor endlich eine Vene Blut abgibt.

Jetzt wurde die OP vorbereitet, und der Sheldon sollte an der Halsschlagader gesetzt werden. Hierzu kam ein Ultraschallgerät zum Einsatz, um die Halsvene zu sichten. Dann wurde das Bett hochgefahren, die Füße in die Luft, der Kopf nach unten, das „Werkzeug" war vorbereitet und die OP konnte beginnen. Komisch war für mich schon, dass die junge Ärztin die ganzen Instrumente nicht neben sich aufgebaut hatte, sondern auf der gegenüberliegenden Seite, so dass sie ständig über mich fassen musste.

Der erste Versuch, den Sheldon auf die linke Seite zu setzen, misslang. Ich bekam keine Luft mehr, musste wahnsinnig Husten und die OP wurde hier abgebrochen.

Jetzt hatte ich erst richtig Angst! Ich war ihr ja komplett ausgeliefert. Schnell schickte ich ein Gebet zum Himmel und bat auch meine Engel auf mich aufzupassen. Mittlerweile bibberte ich und mir war zum Heulen zumute. Ich glaube, jetzt war ich schon zwei Stunden in der Ambulanz, die arme Anne saß immer noch vor der Tür, und wie ich sie kenne, lief sie bestimmt schon Amok.

Meine Lieben alle daheim fragten sich sicher auch, wo wir blieben, denn dort unten ist kein Handyempfang und wir waren morgens ja eigentlich nur zur Blutkontrolle aufgebrochen.

Ich war mittlerweile richtig übellaunig, hatte Angst, fand die Ärztin unfähig, hatte Hunger und Durst. Es stellt sich da so eine Hilflosigkeit ein, man kann die Dinge in einer Klinik ja nicht beeinflussen und alles läuft seinen Gang.

Es war alles schrecklich, aber der Sheldon musste gesetzt werden, denn am nächsten Tag war ich ja zur Knochenmarkspende angemeldet.

Also wurde ein anderer Mediziner zur Assistenz hinzugerufen und nach geschlagenen vier Stunden war der Sheldon gesetzt und Anne durfte rein. Ich war mittlerweile schlapp und müde und extrem durstig. Zum Glück bekam ich jetzt auch einen Schluck Wasser.

Uff, das war eine Aktion. Jetzt musste ich noch zum Röntgen, da geschaut werden musste, ob die Lage des Sheldon okay ist. Wenn dieser falsch sitzt, kann er einen Pneumothorax, also eine Beschädigung der Lunge verursachen. Man hat dann wie ein Loch in der Lunge. Also das konnte ich in diesem Zustand wirklich nicht gebrauchen. War auch zum Glück nicht so!

Danach wurde ich mit einem Krankentransport ins Haus 54 etwas außerhalb der Uni gefahren. Hier bekam ich für eine Nacht ein Bett im Dreibettzimmer. Dies war so ein Tag, an dem ich wirklich fix und fertig war. Ich hatte nach wie vor nichts gegessen, nur sehr wenig getrunken und meine Moral sank von Stunde zu Stunde. Hierzu muss man auch verstehen, dass es einem ja per se schon immer übel ist.

Der Magen rebelliert während der Chemophasen ständig – aber wenn er gar nichts zu essen oder trinken bekommt, steigert sich das Ganze natürlich!

Die arme Anne hatte ich auch immer noch bei mir, denn ich wollte auf keinen Fall allein sein.

Zwischendurch riefen wir dann Jan an, damit er mir etwas kochen und ein paar Sachen vorbeibringen würde. Denn wir kamen gegen 19:00 Uhr im Haus 54 an, wo man uns erklärte, dass die Essensausgabe schon vorbei sei.

Dies war ein Tag, an dem ich komplett aus meinem Lebenstempo gerissen wurde. Auf einmal war wieder Hektik und Hetze, und ich spürte einmal mehr, wie gut mir die Ruhe tut.

Mit meiner Schwägerin Sabine und meinem Bruder telefonierte ich dann auch und jeder merkte, dass ich ziemlich fertig war. Ich glaube, es war das erste Mal während dieser Zeit, dass ich ins Telefon geheult habe.

Ich weiß noch, dass Sabine spät abends mit der Krankenschwester telefonierte und diese sich dann besonders um mich kümmerte. Keine Ahnung was Sabine ihr erzählt hatte …

Schlafen konnte ich in dem Zimmer kaum, viel zu aufgeregt war ich, was mich wohl am nächsten Tag erwarten würde. Anne ging dann gegen 19:30 Uhr. Was mich in dieser Situation auch sehr freute war, dass Professor B. noch einmal nach mir schaute. Da war gerade Jan bei mir, der mir frisch gekochte Nudeln mit Sauce Bolognese von zu Hause mitgebracht hatte.

Kurios an dem Zimmer war übrigens, dass es nur ein Waschbecken und eine Toilette gab und dass das Bad (ohne Dusche) von sechs Personen genutzt wurde, da es von zwei Zimmern zugänglich war.

An diesem Tag hatte ich von Frau S. eine selbstgehäkelte rosa Mütze bekommen, die mich dann während der ganzen Krankheit begleitete, meine Perücke hatte Jan mit nach Hause genommen. Die Mütze war bequem im Bett und auch am nächsten Tag und somit fror ich auch nicht.

Sie gab mir irgendwie ein heimeliges Gefühl, verrückt, oder?

Meine Blutstammzellen-Sammlung

Das Krankenzimmer war zum Glück nur für eine Nacht, und am nächsten Morgen ganz früh wurde ich schon abgeholt zur Knochenmarkspende.

Dort war alles ganz nett hergerichtet, der Krankentransporter trank noch einen Kaffee mit mir, und durch die Unterhaltung ging die Zeit, bis ich aufgerufen wurde, sehr schnell vorüber.

Schließlich kam ich an die Reihe und wurde an die diversen Maschinen angeschlossen. Ich lag auf einem sehr bequemen Bett, durfte mich aber nicht großartig bewegen und auf die Toilette konnte ich auch nicht gehen, das machte mir die meisten Sorgen. Wenn man sich erleichtern musste, brachten sie die Bettpfanne, das wollte ich unbedingt vermeiden – und es hat geklappt ☺

Anne kam gegen 9:00 Uhr, da war ich bereits angeschlossen und hatte angefangen zu „sammeln". Das Knochenmark ist das blutbildende Gewebe. Früher wurde hier mittels Biopsie Knochenmark entnommen. Heute greift man auf die sogenannte periphere Blutstammzellenspende zurück.

Dies lief folgendermaßen: Mit Hilfe einer Maschine, Zellseparator genannt, wurden Blutstammzellen aus meinem Venenblut gesammelt. Diesen Vorgang nennt man Leukapherese. Der Vorgang der Blut-/Zellentnahme dauerte sieben Stunden. Währenddessen durfte ich essen und trinken und sogar TV schauen, ich hatte meinen eigenen Bildschirm und konnte einen Film oder auch das ganze normale Programm anschauen. Zum Glück war der Kopfhörer beweglich, so dass Anne auch mithören konnte.

Es waren mehrere Blutspender mit in dem großen Raum und alle waren routiniert und freundlich.

Irgendwann hieß es dann, das genügt für heute. Die Maschinen wurden entfernt, der Sheldon blieb noch liegen, denn es wurde geprüft, ob genug gesammelt werden konnte.

Während der Prüfung konnte ich als erstes sofort auf die Toilette gehen und dann durften wir etwas essen.

Nach ca. einer Stunde kam der Bescheid, es wäre alles in Ordnung, die Zellen würden jetzt aufgearbeitet und tiefgefroren. Ansonsten hätte ich am nächsten Tag nochmals wiederkommen müssen. Aber es hatte geklappt. ☺

Gegen 18:00 Uhr am Abend wurde im Haus 54 der Sheldon wieder gezogen, auch das verlief zum Glück ohne größere Wartezeit und reibungslos.

Ich durfte nach Hause, ich kann gar niemandem sagen, wie froh ich darüber war!

Die 3. DHAP

Am 18. September 2012 bin ich wieder in die Klinik nach OF, da ich hohes Fieber hatte. Dies ist kein wirklich ungewöhnlicher Zustand bei Chemogaben. Ich war trotz allem traurig, da ich die Zeit zu Hause, also meine Regenerationszeit wieder abbrechen musste. Aber die Anweisung war ganz klar, bei Fieber bitte sofort wieder in die Klinik kommen.

Es ist nicht so, dass ich nach Hause kam und wieder voll im Leben stand, im Gegenteil, ich fühlte mich nach einer längeren Zeit in der Klinik immer unsicher.
Ich durfte kein Auto fahren und konnte nichts unternehmen, da mir die Kraft fehlte und meine Immunität war zu schwach, als dass ich mich unter Menschen getraut hätte. Trotz allem: Zuhause war Zuhause!
Ich lief mit meinem Papa ein Stück durch den Garten und gab den Fischen Futter, denn weiter als zum Teich kam ich meist nicht. Dann schlotterten meine Knie und ich musste mich wieder setzen. Ein Erlebnis ist mir heute noch präsent, ich wollte unbedingt mit meiner Mami in die Drogerie und zum Bäcker, einfach mal raus.
Ich stieg ins Auto und merkte schon auf der Fahrt, dass die Idee nicht wirklich gut war. Beim Bäcker hatte ich einen extremen Schweißausbruch, ob vor Schwäche oder weil ich ja sowieso ständig schwitzte, kann ich gar nicht sagen, darum flüchtete ich wieder ins Auto, und die Drogerie konnten wir abhaken. Ich musste mich erst mal wieder umziehen und hinlegen.
Diesmal war mir nur eine kurze Zeit zu Hause vergönnt. Ich denke, die ganze Abwehr wurde immer schwächer und der Körper produzierte das Fieber, also zurück in die Klinik.

Neu war jetzt für mich, dass ich ja keinen Port mehr hatte. Also musste man mir einen Zentralen Venenkatheter setzen (ZVK).

Hierzu kam ich gleich nach der Ankunft in einen OP und unter Ultraschall wurde der ZVK gesetzt. Dies ging hier sofort und problemlos, durch den Vorfall in Frankfurt hatte ich große Angst davor. Damit ich nicht zum Röntgen unter viele Menschen musste, wurde der Sitz des Venenkatheters direkt im OP mit einem fahrbaren Röntgengerät kontrolliert, auch hierfür war ich sehr dankbar und froh, denn das Warten in den zugigen Gängen im Krankenhaus war für mich, da ich nur ein geringes Immunsystem hatte, sehr gefährlich.

Glücklich war ich auch, dass ich wieder ein Einzelzimmer auf Station 6c hatte, dafür ein herzliches Danke an Prof. D. .

Da auch die Entzündungswerte wieder sehr hoch waren, wurde die 3. DHAP-Chemo unter Gabe von Meropenem und Vancomycin, zwei Antibiotika, durchgeführt.

Ich wusste schon, wie ansonsten alles ablaufen würde und war innerlich darauf vorbereitet.

Zum Glück hatte ich alles wieder gut vertragen, und es wurde ein Restaging (eine Verlaufskontrolle) am 16. Oktober 2012 angesetzt. Ich verließ das Krankenhaus dann am 28. September 2012 und sollte ab dem 29. wiederum Neupogen spritzen.

Eigentlich war ich vom Krankenhaus in Offenbach nun bereit meine Transplantation zu machen. Um transplantiert werden zu können, muss man mehrere Untersuchungen vornehmen lassen, die auch der eigenen Sicherheit dienen.

Also folgte am 16. Oktober 2012 das geplante Restaging, ein CT diesmal an der Uni-Klinik. Da Herr Prof. B. im Urlaub war, war Frau Dr. M. für mich zuständig.

Die Tage gingen dahin, und mein Zustand verschlechterte sich wieder.

Frau Dr. M. ordnete daher am 19. Oktober 2012 an nochmals einen Lymphknoten herauszunehmen, damit alles erneut genau geprüft werden und die weitere Behandlung exakt bestimmt werden könne.

Ich kann gar nicht sagen, wie sich das anfühlt. Jeder Schritt fiel mir sowieso schwer, dazu die verschiedenen täglichen Untersuchungen – und jetzt auch noch eine OP. Es war wie ein Alptraum.

Ich quälte mich also ganz früh morgens zur OP im ambulanten Zentrum der Uniklinik. Jan hatte mich begleitet und zum Glück wurde dort sofort eine Vene als Zugang am Fuß gefunden. Somit konnte die OP unter Vollnarkose gut durchgeführt werden. Der Knoten war ziemlich groß, und ich wachte mit einem dicken Druckverband im Aufwachraum der Ambulanz auf.

Konsterniert sah ich die operierenden Ärzte vor meinem Bett stehen. Sie sagten mir, dass der Knoten doch größer als erwartet gewesen sei, und ich deshalb vorsichtig sein und den Druckverband noch ein Weilchen behalten solle.

Ich blieb also weitere zwei Stunden zur Beobachtung in der Ambulanz. Hier waren alle sehr nett, aber ich war froh, dass ich gegen 18:00 Uhr wieder nach Hause durfte – uff, auch das war überstanden.

Weit größer war das Problem, dass alle diese Untersuchungen das eigentliche Ziel, die Knochenmarkstransplantation, verzögerten und nicht ich, sondern mein Hodgkin sich langsam wieder erholte. Das heißt, er wuchs wieder so vor sich hin.

Zu dieser Zeit war mir das nicht wirklich bewusst, denn ich genoss die fast zweimonatige freie Zeit außerhalb des Krankenhauses. Ich fühlte mich zwar schwammig und ich konnte keine großen Spaziergänge machen, aber ich genoss es einmal in den Tag hineinzuleben und nicht schon früh morgens von der Ärztevisite geweckt zu werden.

Meine Eltern gönnten sich auch eine kleine Auszeit und fuhren für zwei Wochen nach Spanien. Es war so für alle ein bisschen Zeit zum Luft holen, keiner ahnte, dass ich nicht gleich transplantiert werden würde, sondern noch einen weiten und schmerzhaften Weg vor mir hatte.

Die Diagnose des Knotens kam in der ersten Novemberwoche, und der Morbus Hodgkin, noduläre Sklerose, wurde nochmals bestätigt.

Herr Prof. B. ordnete nun noch ein PET/CT an, um wirklich alle Fakten auf dem Tisch zu haben. PET/CT ist eine Abkürzung für Positronen-Emissions-Tomographie und Computertomographie. Es ist zurzeit das modernste Verfahren, um Tumorzellen in Bildern darzustellen. Zwei bildgebende Verfahren werden hier kombiniert, um eine größtmögliche Menge an Informationen zu erhalten.

Hierzu musste ich am 8. November 2012 in die Klinik für Nuklearmedizin. Ich weiß noch, dass ich mich an diesem Tag extrem schwach fühlte und sehr starken Durchfall hatte. Hinzu kam noch die Angst, ob denn eine Vene für das mit Radioaktivität angereicherte Kontrastmittel gefunden werden könne.

Dem Arzt in der Nuklearmedizin gelang es nicht einen Zugang zu legen. Doch diese Behandlung musste unbedingt durchgeführt werden, denn dies war für die Vorbereitung meiner Transplantation und um das weitere Vorgehen zu planen unumgänglich.

Also wurde ich mit Anne ins Haus 52 geschickt, da dort der Chefarzt war, der dann sein Glück an meinen Venen versuchen sollte. Ich war sowieso schon fix und fertig, jetzt auch noch das.

Zehn Minuten „Fußmarsch" zum Haus 52 und später wieder zurück. Hoffentlich schaffe ich das, hoffentlich reicht meine Kraft aus, hoffentlich muss ich unterwegs wegen des Durchfalls nicht ein WC aufsuchen und wenn doch, wo??? Hoffentlich findet der Arzt dort wenigstens eine Vene. Also kurzum, nach drei Versuchen fand der Arzt endlich eine stabile Vene auf meinem Handrücken, und wir konnten zurück zur Nuklearklinik laufen.

Alles ist gut gegangen, auch diesen Weg habe ich geschafft. Nach einer Stunde Wartezeit kam ich wieder an die Reihe.

Ich musste mich hinlegen und bekam eine radioaktive Substanz, Fluorodeoxyglucose, gespritzt. Damit sich das veränderte Traubenzuckermolekül im Organismus anreichern konnte, musste ich 45 Minuten stillhalten. Danach wurde das PET/CT gemacht. Man geht davon aus, dass Tumorzellen einen höheren Stoffwechsel haben und viel mehr Zucker verbrauchen (dies machte sich ja auch die IPT zunutze). Also reichert sich die vorher gespritzte Substanz vermehrt in den Tumorzellen an. Als leuchtende Punkte erkennt man sie dann im CT. Hierdurch sieht man genau, wo Krebszellen im Körper sind und ob sie bösartig sind. Die Computertomographie stellt mittels Röntgenstrahlen den Körper dreidimensional dar.

Das ganze dauert ca. zwei Stunden. Das Ergebnis wurde mir dann ein paar Tage später von Herrn Prof. B. mitgeteilt. Also hieß es wieder nach Frankfurt in die Uniklinik fahren.

Ich wurde auf Trab gehalten, Untersuchung hier und da, logisch war das notwendig, aber es zehrte sehr an meinen Kräften. Am liebsten wäre ich zu Hause auf der Couch geblieben.

Ich wartete jetzt fast ungeduldig auf meine Transplantation, aber es sollte anders kommen!

Durch die lange Zeitdauer „trauten" sich meine Haare wieder raus, und ich hatte einen kleinen schwarzen oder dunkelbraunen Flaum auf meinem Kopf.

Nach der Auswertung des PET/CT's, erklärte mir Herr Prof. B., der Bulktumor im Mediastinum (Mittelfell, der Raum zwischen Brustbein und Brustwirbelsäule – von beiden Seiten durch die Lungen begrenzt) müsse noch weiter zurückgedrängt werden und deshalb solle ich bitte noch eine andere Art Chemo, Dexa Beam genannt, machen, diese auch in drei Zyklen. Ich könne diese Behandlung auch in der Uniklinik machen.

Also das war das Letzte, was ich wollte, denn in Offenbach fühlte ich mich ja mittlerweile "heimisch", und nachdem ich das geäußert hatte, informierte Herr Prof. B die Ärzte in der Offenbacher Klinik, und ich musste/durfte dort meine Behandlung fortsetzen.

Noch drei Chemozyklen, das war für mich ein richtiger Schock, ich fühlte mich schon schwach und ausgepowert und jetzt noch mal Chemo, ich hätte laut schreien können!

Start der Dexa Beam

Die Dexa Beam startete am 22. November 2012. Eine noch stärkere und zellzerstörendere Chemo erwartete mich.

Hierzu wurde zuerst wieder ein ZVK gelegt. Dies verlief zum Glück problemlos, ich kam mir jetzt schon vor wie ein alter „Hase". Aber die Angst, dass doch mal etwas daneben laufen könnte, vor allem, wenn die Infusionen auch die Nacht hindurch laufen, blieb.

Wir starteten mit Dexamethason – drei Tabletten – und ich bekam je nach Bedarf MCP bei Übelkeit und Furosemid bei peripheren Ödemen.

Das Schema der Dexa Beam ist folgendes: Dexamethason – ein Kortikosteroid, BCNU – ein Alkylierendes Chemomittel, Etoposid – ein Hemmer, Cytarabin – ein Antimetabolit und

Melphalan –ein Stickstoff-Derivat, dies nur der Ordnung halber, da ich es im Folgenden nicht immer genau aufführe.

Am 2. Tag lief eine Stunde Chemo als Infusion, drei Tabletten Dexa; 3. Tag 15 Minuten Infusion und zwei NaCl, 3 Tabletten Dexa; 4. Tag Cytarabin eine halbe Stunde und nach zwölf Stunden noch mal, drei Dexamethason Tabletten, eine Infusion Etoposid eine halbe Stunde, dann NaCl, dann Kevatril. Die Nieren wurden immer mit ausreichend NaCL gespült.5. Tag Kevatril, Cytarabin eine halbe Stunde, nach zwölf Stunden erneut, drei Dexamethason , Etoposid zwei Stunden; 6. Tag wie Tag 5; 7. Tag gleich wie 5 und 6; 8. Tag Dexamethason drei Tabletten.

Die Tage im Krankenhaus liefen vor sich hin, und ich bekam nicht wirklich viel mit. Die Mittel waren sehr stark, was mich in einen tranceähnlichen Zustand versetzte. Während tagsüber die Chemos einliefen, schlief ich sehr viel und war in der Zeit nachts oft wach oder döste so vor mich hin.

Jeden Tag besuchte mich Jan und meine Familie. Sogar Letizia spielte mit mir am IPad und versuchte mich aufzuheitern.

Morgens kam immer als erstes eine SMS von Steffen, und dies gab mir das Gefühl, dass ich nicht vergessen bin.

Auch unsere Freunde meldeten sich täglich – und ich ließ alles einfach nur geschehen.

Ich war kraftlos und lethargisch.

Am 30. November 2012 durfte ich endlich nach Hause.

Eigentlich ging es mir nach dieser Chemo anfangs besser als nach der DHAP. Ich fühlte mich nicht so dumpf und wollte auch mit Jan etwas unternehmen. Wir waren gelegentlich in der Stadt, natürlich konnte ich keine Stunden umherlaufen, aber eine halbe Stunde ging immer.

Manchmal war es mir allerdings zu mühsam aus dem Parkhaus herauszugehen, denn allein die Fahrt hatte mich geschlaucht, und ich schwitzte wie verrückt. Jan sagte dann immer, nur einmal kurz Luft schnappen, dann fahren wir wieder zurück. Und so machten wir es auch; dies gab uns zumindest ein bisschen Alltag.

Das „gute" Gefühl hielt meist drei Tage an, ab da ging alles rapide abwärts.

Am 3. Dezember 2012 sollte ich mich im Ambulanten Onkologischen Zentrum der Offenbacher Klinik vorstellen, da ich ein Rezept für das Medikament Neulasta brauchte.

Im Ambulanten Onkologischen Zentrum der Klinik OF

Als ich dort ankam, ging es mir schon nicht mehr so gut, ich spürte, dass mein Körper extrem rebellierte, ich war schwach auf den Beinen, die Knie zitterten, und ich hatte Angst, dass wieder keine Vene zur Blutabnahme gefunden werden würde.

Das Zentrum selbst frustrierte mich sehr, nur kranke, schwerstkranke Menschen, die sich auch die ganze Zeit nur über ihren Krebs unterhielten.

Anne und ich waren richtiggehend geschockt, und einmal mehr wurde mir bewusst, wie gut und abgeschottet von allem ich es doch in „meiner" Station 6c im Offenbacher Krankenhaus hatte.

Nach Ausfüllen mehrerer Formulare kam ich endlich zur Blutabnahme; hier merkte man, dass sie sehr oft mit Fällen wie meinem zu tun haben, denn mühelos wurde eine Vene angestochen und das Blut abgenommen. Da ein Blut-Schnelltest gemacht wurde, hatten wir gleich anschließend die Werte und das Arztgespräch.

Die Blutwerte waren grenzwertig, was immer dies in meinem Zustand hieß, denn es war ja meine erste Dexa Beam. Ich bekam statt Neulasta (ein Präparat zur Erhöhung der Leukozyten, das eine Woche lang wirkt) Filgrastim verschrieben. Das hat den selben Effekt, muss aber täglich gespritzt werden.

Anne fuhr mich gleich wieder nach Hause, denn stündlich ging es mir schlechter. Dort legte ich mich umgehend auf meine Couch. Jan hatte es in dieser Zeit sehr schwer; ich konnte gar nicht mehr essen, und er stand immer ganz hilflos neben mir.

Anne fuhr nun sofort zur Apotheke, die das Präparat für den Nachmittag bestellt hat. Am Nachmittag kam Steffen vorbei, brachte das Präparat und gab mir auch gleich die erste Spritze in den Bauch.

Ich verbrachte die Tage nur noch auf der Couch – jetzt bei mir zu Hause. Wenn Jan nicht darauf bestanden hätte, wäre ich sogar im Bett liegen geblieben.

Alle hatten auch Angst mich alleine zu lassen. So war immer jemand da. Ich weiß noch, als Anne mal kurzfristig weg musste und Jan einen Termin hatte, kam Roswitha und schaute nach mir. Ich konnte zu dem Zeitpunkt nicht mehr selbstständig zur Toilette, mir versagten oft die Beine und ich musste mich auf halbem Weg hinsetzen.

Mikel und Yvonne kamen gelegentlich zu Besuch, aber ich konnte gar nicht am Tisch sitzen, denn ich war zu schwach und meist bin ich nach einem kurzen Intermezzo an unserem Küchentisch sofort wieder auf die Couch und döste weiter vor mich.

Sehr oft merkte ich gar nicht, dass Besucher wieder gegangen waren, irgendwie war es mir in meinem Zustand auch egal. Ich wusste gar nicht, dass man soviel schlafen kann.

Nach zwei Tagen, also am 5. Dezember 2012, brannte meine Speiseröhre wie Feuer. Dadurch konnte ich jetzt gar nichts mehr essen und auch das Trinken fiel mir schwer. Alles fühlte sich wund an, und bei jedem Schlucken dachte ich, mir sticht jemand ein Messer in den Hals.

Meine Eltern besorgten mir Maloxan in der Apotheke, aber das half nicht!

Man merkte schon, dass dieses Chemo-Schema extrem giftig und auch zellvernichtend war. Vor allem hatte ich das Gefühl, meine ganzen Schleimhäute würden sich auflösen.

Nach sechs Tagen bekam ich sehr hohes Fieber und kam nun gar nicht mehr von der Couch hoch. Einen Tag zuvor dachte ich noch, schlechter kann es mir nie mehr gehen, aber weit gefehlt.

Ich kann das Gefühl nicht wirklich beschreiben, aber es ging gar nichts mehr, zudem brannte auch meine Scheide beim Wasser lassen und ich hatte Durchfall. Ich fror und schwitzte gleichzeitig und hatte das Gefühl, dass jetzt mein Ende gekommen wäre.

Alle standen hilflos neben mir. Ich hatte wieder eine Nacht hinter mir, so viel geschwitzt und fast zu schwach zum Umziehen. Zudem war mein ganzer Körper geschwollen, das Gewebe war aufgedunsen und ich hatte ein Gefühl wie Muskelkater am ganzen Körper. Jan stand oft mit auf, wusch mich und half mir in neue Kleider. In der Nacht beschlossen wir, dass ich am Freitag, den 7. Dezember 2012, wieder in die Klinik gehen würde.

Meine erste Bluttransfusion

In der Klinik wurde zuerst Blut abgenommen, und dabei hat man die Auswirkungen dieser Chemo gemerkt. Meine Leukozyten waren fast nicht mehr vorhanden, und auch die Thrombozyten waren extrem niedrig. Dies bedeutet, ich hatte so gut wie keine Abwehrkräfte mehr und auch die Blutplättchen gingen gegen Null, also musste ich sehr aufpassen, dass ich mich nicht schneide oder irgendwo anstoße, denn dann hätte ich mich sehr schnell und böse verletzen können.

Ein ZVK wurde gesetzt. Auch das muss in diesem Zustand überaus vorsichtig gemacht werden, denn die Gefahr von Blutungen ist sehr groß.

Gleich am Abend bekam ich noch das erste Mal Blutplasma, auch zwei Bluttransfusionen wurden gleich gegeben.

Ich hatte eine Panzytopenie – das heißt, dass alle meine Blutzellen nur noch in sehr geminderter Form vorhanden waren.

Misstrauisch und ängstlich beobachtete ich, wie das fremde Blut in mich einlief und horchte in meinen Körper, ob ich irgendwelche anderen Empfindungen oder besser Missempfindungen haben würde. Schließlich war es ja Blut von einem fremden Menschen. Bekam ich jetzt die Seele dieses Menschen, zumindest einen Teil davon, mit?

Kurzum, es war mir nicht ganz geheuer, aber ich hatte keinerlei Reaktionen auf das Fremdblut und habe auch hier immer alles gesegnet und Gott und meine Engel gebeten, dass es mir nur gut tun möge.

Die Chemo hatte ganze Arbeit geleistet und das Knochenmark, wo ja die blutbildenden Zellen entstehen, sehr angegriffen.

Jetzt musste ich wegen der hohen Infektanfälligkeit in eine Umkehrisolation. Das heißt, alle die mich besuchen wollten, mussten sich „verkleiden", will heißen Mundschutz und keimfreie Kleidung.

All dies stand immer vor meiner Zimmertür bereit. Auch Ärzte und Schwestern durften nur mit steriler Kleidung zu mir, mussten sich also vor Eintritt in mein Zimmer eine Art Kittel und Mundschutz überziehen.

In dieser Zeit konnte auch Anne nicht bei mir sein, so fristete ich meine Tage alleine.

Anfangs bekam ich Besuche auch gar nicht mit, denn ich hatte sehr hohes Fieber. Trotz dieses Umstandes war meine ganze Familie täglich da. Wenn ich mir das jetzt so überlege, die Armen, saßen vor mir wie die Vermummten!

Ich selbst trug auch immer einen Mundschutz. Im Nachhinein weiß ich gar nicht, wie ich damit schlafen und ganze Tage mit dem Mundschutz verbringen konnte, denn heute bekomme ich schon einen trockenen Hals, wenn ich meinen Mundschutz im Flugzeug überziehe.

Nach dem Wochenende wurde eine Gastroskopie durchgeführt. Ich hatte den Cytomegalievirus (eine Art Herpesvirus, der die Zellen vergrößert) in der Speiseröhre und der hatte dort und im Mageneingang kleine Geschwüre verursacht. Das war es also, was mir solche Beschwerden beim Schlucken bereitete!

Der Virus wurde mit Acyglovier, einem Antivirenmittel als Infusion, behandelt. Außerdem bekam ich durchgehend eine antibiotische Therapie mit Tazobac und Fluconazol – hiervon drei Infusionen täglich!

Am 11. Dezember 2012, da ich immer noch Fieber und regelrechte Zitterattacken hatte, erhielt ich nach der Blutkontrolle nochmals zwei Blutkonserven.

An diesem Tag ging ich auch zum TTE (Transthorakales Echokardiogramm – ein mit Ultraschall durchgeführtes bildgebendes Verfahren des Herzens), hier war der Befund unauffällig und ich hatte keinen Perikarderguss (Flüssigkeitsansammlung im Herzen).

Langsam fühlte ich mich dann wohler, aber die für den 12. Dezember geplante 2. Dexa Beam Chemo musste verschoben werden, mein Körper war noch nicht so weit, die Werte passten noch nicht.

Doch nach Hause durfte ich auch nicht, die Antivireninfusionen und das Antibiotikum benötigte ich täglich. Also fristete ich mein Dasein weiter in der Klinik, und am 17. Dezember musste ich wieder eine Gastroskopiekontrolle (hier „schluckt" man einen Schlauch mit einer kleinen Kamera; dies ermöglicht den Ärzten in die Speiseröhre und den Magen zu sehen) machen. Leider hatte ich nun auch am Mageneingang ein paar geschwollene Lymphknoten. Aber ich war sicher, dass das die Chemo schon alles klein bekommt.

Der Cythomegalievirus war nicht mehr zu sehen, und nach der Kontrolle wurde der ZVK wieder ausgetauscht.

Ein ZVK darf nur ca. eine Woche bleiben, dann muss er gewechselt werden, damit sich nichts infizieren kann.

Der 2. Zyklus DexaBeam – und meine Mama hat einen Herzinfarkt

Eigentlich wäre ich gern mal wieder nach Hause gegangen, aber die Behandlung musste fortgesetzt werden und so wurde am Dienstag, dem 18. Dezember 2012, mit dem 2. Zyklus der Dexa Beam begonnen. Wenigstens kam Tante Karin und brachte mir einige von ihren leckeren, selbst gebackenen Plätzchen mit, hmm!

In dieser Nacht wurde zusätzlich zu allem Übel meine Mama mit einem Herzinfarkt eingeliefert und lag unten auf der Intensivstation. Das konnte ich gerade noch gebrauchen. Zu meiner Sorge um mich selbst kam jetzt noch die Sorge um meine Mama.

Als ich mittags einen Besuch in der Intensivstation machte, war Mama gar nicht ansprechbar, denn sie kam gerade noch sehr benommen aus der Herzkatheterbehandlung.

Ich bekam an diesem Tag Cortisontabletten und hatte noch keine Reaktionen, aber sofort mehr Hunger.

Am 19. Dezember wurde mir wieder eine Infusion mit Kevatril gegen die Übelkeit und anschließend die Camustin-Infusion gegeben. Durch das Cortison hatte ich rote Bäckchen, danach lief zur Spülung noch ein Liter NaCl. In den Infusionspausen konnte ich Mami auf der Intensivstation besuchen, es ging ihr schon besser, und sie durfte am 20. Dezember auf die Station von Herrn Prof. K., aber die schlechte Nachricht war, dass mit einem Stent nichts zu machen war, es musste ein Bypass gelegt werden.

Erst einmal wurde sie jedoch auf der Normalstation (zwei Gänge von meinem Zimmer entfernt) stabilisiert. Sie durfte sich kaum bewegen, damit das Herz nicht zu sehr belastet wird und so besuchte ich sie die ganzen Tage hindurch dort und aß immer mit ihr zu Abend.

Da ihre Bypass-Operation nicht im Klinikum Offenbach durchgeführt werden konnte, musste meine Mama schließlich am 26. Dezember mit einem Krankentransport nach Bad Schwalbach in die Herzklinik gebracht werden, wo sie am 28. Dezember operiert wurde. Zum Glück geht es ihr heute wieder gut, alles ist gut gelaufen, die schwierige Phase bekam ich gar nicht so mit, da es mir ja selbst schlecht ging, aber mein Bruder, meine Schwägerin und natürlich mein Papa haben sich sehr um sie gekümmert.

Die Armen hatten jetzt 2 Patienten und ich glaube mittlerweile auch den Krankenhaus Horror.

Nun nach dem kurzen Exkurs zurück zu mir, nach der Infusion schwitzte ich in der Nacht stark und war dankbar, dass Anne da war und mir beim Umziehen helfen konnte.

Vom 20. Bis 24. Dezember liefen die vorher schon beschriebenen Chemoinfusionen nach dem Dexa Beam Schema.

Es wird immer mühsamer, und ich döse den ganzen Tag nur noch vor mich hin. Alles fällt schwer!

Am Heiligabend lagen dieses Jahr meine Mutter und ich in der Klinik. Also dieses Jahr wurde Weihnachten ins Krankenhaus verlegt. Wir hatten von einer Freundin einen wunderschönen kleinen geschmückten Tannenbaum ins Krankenhaus geschickt bekommen und gegen Mittag kamen dann Papi, Jan, Steffen, Sabine, Laura und Letizia und brachten Canapés mit. Es war irgendwie eine skurrile Situation, und wir vermieden sehr irgendwelche Emotionen aufkommen zu lassen. Da ich ja vormittags meine Chemo hatte, war ich sowie so nicht ganz da, sondern nahm wieder alles im „Nebel" wahr. Die meiste Zeit lag ich auf Mamis Bett und beobachtete die anderen nur.

25. Dezember (8.Tag): Dexamethason drei Tabletten. Bis jetzt war zum Glück noch nichts dick geworden. Nachdem Tante Maria ein Fax an die Krankenkasse und die Klinik geschickt hatte, bekam ich die Nolastaspritze gleich in der Klinik.

Ich hoffte ja, dass durch diese Zehn-Tages-Spritze ein so extremes Absenken der „Leukos" und „Thrombos" und ein damit verbundener Zusammenbruch des kompletten Immunsystems vermieden werden könne. Aber das war wohl etwas naiv ...

Am 26. Dezember bekam ich nochmals die Tabletten, die Blutwerte wurden morgens abgenommen, dann durfte ich nach Hause. Thrombozyten und HB waren zwar etwas niedrig, aber passabel.

Entlassen – loslassen – regenerieren – keine Chance

Endlich daheim, und ich nahm mir vor diesmal alles zu tun, dass meine Blutwerte nicht wieder abfallen. Das letzte Mal, dachte ich, kam davon, dass ich die Spritze zur Erhöhung meiner Leukozyten zu spät bekommen hatte. Also ging ich die Sache diesmal anders an und überlegte mir, was ich tun könnte, damit meine Blutwerte nicht wieder lebensbedrohlich nach unten gehen würden.

Ich nahm meinen Zapper zur Hand, ein Gerät, das Energie in das System schickt, und behandelte mich damit täglich. Ich trank frisch gepresste Säfte, auf die Einnahme von Vitaminen wollte ich verzichten, da es ja durchaus seinen Sinn hatte, dass der Körper jetzt erst einmal mithilfe des Giftes die Krebszellen beseitigte. In meinem Bild hätten dann die Vitamine den Zellen, aber auch den Krebszellen wieder geholfen und das wollte ich nicht. Außerdem sollte ich es auch von Ärzteseite aus nicht.

Die ersten zwei Tage nach dem Klinikaufenthalt hatte ich richtig Appetit und genoss die frisch gekochten Mahlzeiten meines Mannes.

Der 28. Dezember

Der Operationstag meiner Mama. Schon einen Tag zuvor hatte ich alle meine Freundinnen, die auch mit Energie arbeiten, gebeten positive Gedanken und Energie zu meiner Mama zu schicken, und auch dass der Operateur einen guten Tag haben möge, ruhige Hände und dass die Operation gut verlaufen möge. Morgens machte ich, obwohl es mir nicht besonders gut ging, gleich eine Meditation für meine Mami und bat Gott über sie zu wachen. Dann brach ich mit Anne zur Blutkontrolle in die Klinik auf. Da der ZVK ja bei jedem Heimgang entfernt wurde, waren Blutabnahmen immer abenteuerlich.

Mit allen Tricks – wie Hände unter warmem Wasser anwärmen – wurde gearbeitet, es passte immer nur die Kindernadel, und die Venen waren gar nicht mehr sichtbar und sehr schwer zu finden. Das Blutbild zeigte dann, dass die Werte abfielen, aber ich durfte wieder nach Hause. Ich merkte auch, dass ich langsam wieder in einen „Dämmerzustand" geriet.

Daheim angekommen lag ich den ganzen Tag auf dem Sofa und schlummerte vor mich hin. Also irgendwohin oder nur mal eine Runde spazieren gehen, war in meinem Zustand nicht mehr möglich, dazu war ich viel zu schwach. Auch die Klinikbesuche waren unsagbar anstrengend.

Je stärker die Chemo Besitz von meinem Körper ergriffen hatte, desto weniger konnte ich nachdenken, denn selbst zum Denken war ich zu müde, und in meinem Kopf fühlte sich alles schwammig an.

So eine Chemo macht auch, dass alle Gedanken nur noch im Nebel hängen, es kam mir fast vor wie ein Gedankenvakuum. Vielleicht spricht man auch deshalb von einem Chemohirn. Schlafen war immer das Beste, und das konnte ich den ganzen Tag hindurch.

In der darauf folgenden Nacht hatte ich plötzlich wahnsinnige Schmerzen in den Knien und Schienbeinen, fast wie Messerstiche. Jetzt hatte ich ja schon so vieles erlebt, aber das war wirklich schlimm. Als würde mir jemand mit einem Messer ins Bein stechen. Ich stand auf, Jan machte mir kalte Umschläge, aber am Ende haben nur ganz starke Schmerzmittel geholfen.

In der nächsten Nacht fing es an, der ganze Körper hatte wie Muskelkater, das Gewebe war total aufgeschwemmt. Ich kann das gar nicht beschreiben, aber alles tat weh und zudem war es mir ständig schlecht.

Jetzt ging auch noch meine Nase zu, ich fühlte mich beschissen. Wenn ich die Nase putzen wollte, kamen nur Blutbrocken heraus, also folgerte ich, dass meine Thrombos schon wieder sehr niedrig waren.

Mir war so elend, dass ich hier das erste Mal ans Aufgeben dachte, ich sehnte mich so sehr danach endlich schmerzfrei zu sein.

Am 31. Dezember 2012 brach das ganze Körpersystem wieder zusammen. Schon beim Frühstück spürte ich, dass ich zurück in die Klinik musste. Mein Vater war zum Frühstück bei uns, da meine Mutter ja noch im Krankenhaus lag. Auch er merkte sofort, dass es mit mir so gar nicht ging. Und das an Silvester, wo Jan doch extra für seine Mama, meinen Vater und mich ein tolles Menü vorbereitet hatte.

Nicht, dass ich sonderlich erpicht auf Essen gewesen wäre, denn viel essen konnte ich wegen der immer latent vorhandenen Übelkeit (trotz kontinuierlicher Tabletteneinnahme – Vomex) nicht, aber auf die Gesellschaft und ein bisschen Normalität und Alltag hatte ich mich so sehr gefreut ...

Anne kam nach dem Frühstück und brachte mich zur Blutkontrolle.

Wir kamen in der Station 6c immer gleich in einen separaten Raum, wo ich mich sofort hinlegen konnte. Anne gab mir noch ihre Jacke zum Zudecken, ich hatte richtig den „Schlottermax". Leukos auf 0, Thrombos unter 5000 (also sehr sehr niedrig), Fieber 40,7°.

Es war dann auch so, dass ich dort bleiben wollte, weil mir schon die Kräfte allein an den Gedanken an den Heimweg versagten. Diesmal konnte kein normaler ZVK gesetzt werden, das heißt, es war zu riskant wegen der geringen Blutgerinnung den ZVK in die Halsvene zu legen (da drückt es sich nämlich so schlecht), also musste nun die Leiste herhalten – eine wahre Odyssee. Mit diesem Katheter in der

Leiste konnte ich weder aufstehen, geschweige denn alleine zur Toilette gehen.

Abends bekam ich gleich noch zwei Beutel Blutplasma, dazu jede Menge Antibiotikum. In der Nacht konnte ich wie immer sehr schlecht schlafen, aber dafür das Feuerwerk über Offenbach sehen.

Mein Zimmer wurde wieder zum Isolationszimmer gemacht und da lag ich – an Silvester im Krankenhaus. Mein einziger Trost war, dass es meiner Mami gut ging und sie soweit alles gut überstanden hatte.

Am 1. Januar 2013 bekam ich zwei Blutkonserven und auch den ganzen Tag Antibiotika. Ich fror und schwitzte weiterhin im Wechsel; gegen 16:00 Uhr war das Fieber immer noch auf 39°Grad. Ich kam mir vor wie auf einer Achterbahn. Wenn man sich überlegt, was ein Körper da alles aushalten muss, ...

Das Fieber hielt auch am 2. Januar noch an, und so konnten weder die vorgesehene ZVK-Versetzung in die Halsvene noch ein CT gemacht werden.

Am 3. Januar wurde das CT vom Thorax gemacht, der Bulktumor war über die Hälfte zurückgegangen. Doch ob das für die Transplantation reichen würde? Ich hatte ja zu diesem Zeitpunkt immer noch die Hoffnung, dass ich mir eine dritte Dexa Beam Chemo sparen könnte.

Im Stadtkrankenhaus durfte ich, wenn es mir gut ging, zu Fuß zu den Untersuchungen, wenn nicht, wurde ich mit dem Bett transportiert. Was toll war, ich wurde immer in ein separates Zimmer zum Warten gebracht, da ich ja eigentlich in der Isolation – Umkehrisolation war und zu dieser Zeit gar keine Abwehrstoffe mehr hatte.

Am 4. Januar bekam ich nochmals 2 Beutel Thrombozyten. Wenn man vorher nie etwas mit Blut spenden und Bluttransfusionen zu tun hatte, wird einem hier sehr schnell klar, wie notwendig und lebensrettend die Transfusionen sind. Zum Glück vertrug ich sie immer gut, denn selbst hier können allergische Reaktionen auftreten. Nun wurde dann auch der ZVK von der Leiste in den Hals links verlegt.

Es ging also wieder aufwärts. Als ich von der OP hochkam auf mein Zimmer, wurde mir mitgeteilt, dass ich anstatt des Mittagessens Kontrastmittel trinken durfte, denn es sei ein CT des Abdomens, also des Bauchbereichs geplant; Thorax, also um die Brust und Lungen, war ja bereits erledigt.

Im Krankenhaus ticken die Uhren anders und als Patient muss man sich einfach in den Krankenhausalltag einfügen, auch wenn einem das manchmal nicht passt – hier hätte ich lieber etwas zu Mittag gegessen, denn mein Magen war schon wieder flau. Viel konnte ich ja ohnehin nie essen, aber die Aussicht gar nichts zu bekommen, verschlechterte meine Stimmung doch drastisch.

Was ein wirklicher Luxus war, nachmittags gab es immer ein Stück Kuchen.

Generell war das Essen in der Klinik ordentlich, und beim Servicepersonal waren alle sehr nett. Durch meine lange Zeit in der Klinik kannte ich irgendwann auch jeden, und wenn das Essen gebracht wurde, habe ich oft noch einen Moment mit den Damen sprechen können.

Abends gab es eine weitere Infusion mit Immunglobuline. Ich hatte sehr oft Infusionen bis 22:00 Uhr, da kamen dann bei Chemos extra noch Ärzte, die Nachtschicht hatten, um diese anzuhängen.

Ja, man ist halt den Regeln unterworfen, und mit der Chemo am Hals schläft es sich wirklich schlecht und immer auch in der Angst, dass etwas abreißen könnte, denn gesund auf der Haut ist das ja auch nicht …

Am 5. Januar wurde die Quarantäne wieder aufgehoben, die Leukos waren immerhin auf 3,6. Die Thrombos allerdings immer noch niedrig!

Meine Nase blutete ständig, und ich bekam sehr schnell blaue Flecken, eigentlich schon bei der kleinsten etwas festeren Berührung.

CRP – der Entzündungswert war ja beim letzten Mal nach der Chemo auf über 500, jetzt auf über 200, der Normalwert liegt unter 5!

Die Blutwerte wurden generell immer alle 2 Tage abgenommen. So schwer es mir auch immer fiel, Anne fuhr mit mir jeden 2. Tag in die Klinik zur Blutabnahme. Für mich war das eine Tortur.

Die Schwestern auf der Station 6c taten alles, dass ich möglichst schnell drankam und auch immer eine Liegemöglichkeit hatte, denn Sitzen fiel mir so unendlich schwer, wie eigentlich alles, laufen, essen usw. Aber mein Zustand war halt einfach jämmerlich: keine Haare, keine Kraft, kaum Gewicht – meine Schwägerin Sabine hat mir mal beim Eincremen geholfen und meinte zu mir, ich sähe aus wie ein KZ-Häftling, ja ich glaube, so fühlte ich mich auch, total verseucht und kontaminiert.

Meine Mama war jetzt in der Reha in Bad Schwalbach. Sie machte gute Fortschritte, war aber immer noch sehr schwach und mitgenommen von ihrer OP. Mein Vater hat sich für die Reha-Zeit mit in die Klinik eingemietet.

Da ich ja meine chemofreie Zeit hatte und meine Werte jetzt einigermaßen stabil waren, fuhr ich mit Jan nach Bad Schwalbach, um meine Mama zu besuchen. Ich war so unsagbar froh, sie endlich wieder in die Arme schließen zu können. Sie hatte so abgenommen und war auch noch schwach (mir ging es ja nicht viel besser ...), aber wir fuhren zusammen in ein Café und gönnten uns eine heiße Schokolade.

In meiner Erinnerung war das für mich ein perfekter Tag, endlich war ich die Ungewissheit los und wusste, dass es mit der Gesundheit meiner Mami wieder aufwärts ging.

Mein neuer Port

In der chemofreien Zeit und bis zur nächsten Dexa Beam stand mir noch eine OP bevor.

Am 13. Januar 2013 waren Sabine und Steffen unterwegs und Lauri schlief bei uns. Generell vor Krankenhausaufenthalten, OP's und Untersuchungen schlafe ich immer sehr, sehr schlecht. Es ist dann so eine Mischung aus Angst vor der Ungewissheit und aus meinem Trauma „Venen". Also auch das war wieder eine „wache" Nacht.

Am 14. Januar musste ich dann zur Ambulanz nach Offenbach, denn die Werte waren soweit okay, so dass ein neuer Port eingepflanzt werden konnte.

Da Jan Lauri an den Bus fahren musste und sich so die Zeiten überschnitten, bestellte ich mir ein Taxi in die Ambulanz.

Ich war so froh, dass Addi Wehner, der Taxibesitzer und ein herzensguter Mann und Freund, mich abholte. So war der Weg ins Krankenhaus nicht so lang, und das Gedankenkarussell wurde auf erfreulichere Dinge gelenkt, ein Grübeln über die bevorstehende OP fiel aus.

Die Aufnahme in der Offenbacher Ambulanz war sehr nett und ich bekam sofort ein Bett zugewiesen, Thrombosestrümpfe und eine kleine Beruhigungstablette.

So um 8:00 Uhr konnte die OP dann beginnen. Ein sehr netter Arzt und eine Schwester waren bei mir. Es musste nur noch ein Zugang gelegt werden, schon konnte es losgehen.

Ich schreibe das so locker, flockig, nur an diesem Morgen, da ich ja auch nüchtern sein musste, war das Legen eines Zuganges unmöglich. Es wurde fünf Mal erfolglos probiert, nichts zu machen, meine Venen rollten weg. Ich hätte heulen können, aber was hätte das genutzt?

Also fragte mich der Arzt, ob ich das Risiko auf mich nähme, dass er ohne Zugang operiert. Da ich den Port ja unbedingt auch zur Transplantation brauchte, willigte ich nach kurzem Überlegen ein.

Nach den Betäubungsspritzen rund um meine linke Seite, bekam ich die ganze OP mit. Arzt und Schwester unterhielten sich, und da der Arzt sehr routiniert war, lief alles problemlos. Einzig die Aussage, wenn jetzt der Port auch rückläufig ist, sitzt er richtig, ansonsten muss er wieder raus, hat mich kurzzeitig irritiert, aber uff, alles ging gut! Er hatte einen Kinderport gewählt, den ich auch heute noch habe. Er macht im Gegensatz zum vorherigen Port gar keine Probleme!

Um 10:00 Uhr kam Anne und holte mich wieder ab. Ein weiterer Schritt zur Gesundung überstanden!

Täglich ermahnte ich mich alles positiv zu sehen, denn ich wollte ja unbedingt wieder gesund werden, und die Macht der Gedanken ist dabei nicht unerheblich.

Die hoffentlich letzte Dexa Beam

Start am 23. Januar 2013:

Die erste Chemo mit meinem neuen Port. Ich spürte zwar die Narbe, sie schmerzte teilweise noch, aber der Port funktionierte gut!

Die Chemo selbst verlief wie die beiden vorherigen, nur wurde mein Körper immer schwächer.
Jetzt halfen auch die Infusionen und Tabletten gegen Übelkeit nicht mehr, mir war ständig schlecht und ich hatte täglich Durchfall, der einfach nicht mehr aufhören wollte. Deshalb wurde diese Chemo auch noch zusätzlich mit Antibiotika abgesichert.
Während der Chemo kam meine Mutter wieder in die Klinik, auf die Station von Herrn Prof. K.. Sie hatte nach der Herz-OP noch Wasser in der Lunge, das wurde punktiert, also rausgezogen. Auch eine Magenspiegelung zur Kontrolle musste sie noch machen lassen.

Im Gegensatz zu den letzten beiden Chemos wurde mein Gewebe diesmal sofort dick, aber ich durfte am 31. Januar nach Hause.
Hier sollte ich noch für zwei Tage Cortisontabletten nehmen und mich am Freitag, den 1. Februar, zur Blutabnahme wieder vorstellen.
Ich wusste ja jetzt schon, dass ich danach gleich wieder, spätestens nach fünf Tagen, in die Klinik müsste, da die Blutwerte wieder rasant abfallen würden. Ich versuchte alle möglichen Mittelchen einzunehmen, aber der Abfall der Leukozyten und Thrombozyten war einfach nicht aufzuhalten.

So kam ich dann mit „neutropenem" Fieber, das sich wieder durch Schüttelfrost und Schwellungen des ganzen Körpers bemerkbar machte am 5. Februar zurück in die Station 6c im Offenbacher Krankenhaus. (Neutropenie bedeutet, dass die Granolozyten, eine Form der weißen Blutkörperchen, sehr niedrig sind; da diese als die wichtigsten für unser Abwehrsystem gelten, ist es normal, dass das Immunsystem nicht mehr richtig funktioniert und Fieber eine Folge davon ist).

Mein Bett war ja quasi noch „warm", und ich war gottfroh, dass Herr Prof. D. immer gleich ein Zimmer für mich hatte.

Unter Antibiotikagabe und antimykotischer Therapie (Mittel gegen Pilzerkrankungen) stabilisierte sich mein Zustand langsam wieder.

Noch am gleichen Abend bekam ich Blutkonserven und Thrombozyten als Infusion. Auch eine Hypokaliämie (ein Kaliumdefizit, also eine Elektrolytestörung) wurde intravenös ausgeglichen. Hierzu wurde ich über Stunden an eine Kaliumpumpe gehängt. Täglich bekam ich auch hier die Neupogenspritze zum Erhöhen der Leukozyten. Und natürlich wurde täglich Flüssigkeit (NaCl) zugeführt.

Herr Dr. Se. besprach mit mir, dass wir das Staging, sprich die Verlaufskontrolle, in der Klinik in Offenbach machen und ich durfte auch alle Voruntersuchungen, die zur Transplantation notwendig sind, gleich im Rahmen meines Offenbacher Klinikaufenthaltes durchführen lassen. Dies ersparte mir eine Menge Lauferei, was in meinem Zustand Gold wert war, und verkürzte die Wartezeit.

Das CT zeigte, dass das Lymphdrüsenpaket rückläufig war, das Narbengewebe aber noch gut sichtbar.

Ich machte nun einen Lungenfunktionstest, war beim Augen- und Ohrenarzt in der Klinik, ein Ultraschall des Bauches und ein spezielles EKG wurden durchgeführt. All dies zur Vorbereitung auf meine Transplantation.

Die Wartezeit zur Transplantation

Jetzt hieß es warten, bis ein Bett in einem Isolationszimmer in der Uniklinik frei wird.

Mit Tante Maria erstellte ich einen großen Fragekatalog, um ganz genau zu erfahren, wie die Transplantation vor sich geht und was ich beachten muss. Welche unvorhergesehenen Dinge auf mich zu kommen können ...

Da es meine einzige Chance zur Gesundung war, hatte ich nicht wirklich eine Wahl. Die Nebenwirkungen waren schon sehr unheimlich und am meisten Angst hatte ich davor, dass die Zellen nicht wieder anwachsen und vor dem sogenannten **Fatigue Syndrom** (Chronisches Erschöpfungssyndrom, bei dem dann wirklich selbst die kleinsten Arbeiten nicht mehr machbar sind, da der Körper ein immens hohes Bedürfnis nach Ruhe hat).

Zwischenzeitlich hatte ich noch einen Termin bei Herrn Prof. B., der einige Untersuchungen nochmals in der Uniklinik durchführen ließ und mir dann das genaue Procedere der Transplantation erklärte.

Da ich ja meine eigenen Stammzellen gesammelt hatte und diese aufbereitet worden waren, nennt man das autologe Transplantation. Im Gegensatz hierzu steht die allogene Transplantation, für die ein Fremdspender gefunden werden muss. Da Herr Prof. B. auf Nummer Sicher gehen wollte, bat er meinen Bruder sich doch ebenfalls typisieren zu lassen, um zu sehen, ob er als eventueller Fremdspender in Frage käme.

Leider waren Steffens Zellen nicht mit meinen kompatibel, aber zum Glück brauchte ich sie auch nicht.

In dieser Zeit sortierte ich nun meine ganzen Unterlagen. Ich erstellte eine Patientenverfügung, falls mir etwas passieren sollte und listete meinen Eltern die wichtigsten Daten für die Hausverwaltung auf. Schrieb mein Testament und räumte meine Wohnung auf. Jetzt konnte ich beruhigt warten und auch los lassen.

Die Transplantation

Täglich rief ich in der Klinik an, immer zwischen der Hoffnung, dort bald ein Bett zu haben – und der Angst vor der Transplantation. Am 23. Februar 2013 war es dann soweit. Morgens kam der Anruf von der Uniklinik, dass ich auf Station 13 B kommen könnte.

Ich durchlief dort das normale Aufnahmeprocedere und es dauerte dann ca. vier Stunden, bis ich mein Bett beziehen konnte. Zwischenzeitlich hieß es noch, dass ich eventuell nochmals nach Hause dürfte, da der morgendliche Urintest noch fehlte, aber dem war dann nicht so.

Ich lag noch nicht lange im Bett, als ein Arzt mit meiner ersten Chemo kam. Anne ging dann und auch Jan verabschiedete sich; soweit war ja jetzt alles gut, sie hatten mich in meinem Krankenzimmer, welches ich mit einer jungen Frau teilen musste, „installiert".

Ich fühlte mich dort gar nicht wohl, meiner Bettnachbarin ging es zu diesem Zeitpunkt sehr schlecht. Ich fühlte mich alleine und unbehaglich und kaum lief die Infusion, bekam ich Schüttelfrost und mir wurde so übel!

Das zweite Mal völlig aufgelöst, jammernd und heulend, rief ich bei Sabine und Steffen an. Sabine, eine Frau der Tat, rief sofort auf der Station an, woraufhin mir gleich eine Infusionen gegen die Übelkeit angehängt wurde. Es besserte sich auch recht schnell, und die weiteren Infusionen vertrug ich soweit ganz gut.

Erst am nächsten Tag lernte ich meine Zimmergefährtin kennen. Neben mir lag H., die Arme hatte Leukämie, das wurde zum Glück früh entdeckt. Sie hatte gerade einen Ausschlag, weil sie etwas nicht vertragen hatte, aber das reduzierte sich mit der Zeit. Sie musste die ganze Prozedur von mir leider mitmache, in einem Zimmer – Isolationszimmer bleibt das ja nicht aus. Das Zimmer wurde zweimal täglich gereinigt und jeder durfte uns nur vermummt und mit Mundschutz besuchen. Auch H.'s Abwehr war durch die Chemos sehr geschwächt.

Die erste Woche war eigentlich im Nachhinein noch die beste aus der Zeit in der Uniklinik. Die Chemo wurde gegeben, und ich durfte das Zimmer, natürlich auch mit Mundschutz, noch verlassen, während H. in dieser Zeit das Bett hüten musste und nicht raus konnte.

Meine Eltern besuchten mich täglich, Anne war immer da, von morgens bis abends – und das immer mit Mundschutz, die Arme, und auch Jan kam jeden Morgen zum Frühstück und oft auch abends nochmals. Anne erzählte mir irgendwann, dass sie sich auf der Heimfahrt oft übergeben musste, da alles so ausgetrocknet war von dem Mundschutz, den sie den ganzen Tag tragen musste.

In dieser Woche besuchte mich auch Prof. K., und ich war so froh, dass ein Bekannter ein Auge auf mich hatte.

Meine Mama hatte am 28. Februar Geburtstag und meine Eltern kamen an dem Tag und haben mit mir Tee getrunken in der Sitzecke auf der Station. Auch etwas Kuchen hatten sie dabei und es war wie ein kleiner Geburtstagskaffee.

In dieser Zeit war ich für jede Abwechslung dankbar und für mich war es eine „Ehre", dass sie an ihrem Geburtstag zu mir in die Klinik kamen. Zwischenzeitlich malte ich mit H. immer, aber es gab auch Tage, an denen es H. nicht so gut ging, dies alles in der ersten Woche.

Besonders und riesig freute ich mich, als Herr Prof. D. aus der Offenbacher Klinik mich am 2. März besuchte. Es gab mir so das Gefühl, dass ich nicht allein gelassen werde und dass Menschen an mich denken und mir positive Wünsche schicken.

In dieser Woche waren auch Steffen und Sabine zweimal da, Kinder hatten zur Isolierstation keinen Zutritt.

Samstags hatte ich endlich die Hochdosis-Chemo hinter mich gebracht, die Wirkung zeigt sich da nicht sofort. Aber ich merkte, dass mich dies alles mehr und mehr angegriffen hatte. Sinn der Chemo war es das komplette Knochenmark zu zerstören.

Der Sonntag war immerhin ein chemofreier Tag.

Meine „Tipp-Ex-Tage"

... sind Tage, die ich am liebsten nicht erlebt hätte!

Am Montag, den 4. März 2013, wurden mir meine Stammzellen per Bluttransfusion zurückgegeben. Davor hatte ich jetzt richtig Angst. Was, wenn es die verkehrten Zellen waren? Was geschieht mit mir? Was ist, wenn die Zellen nicht wieder anwachsen? Kann man dabei einen Schock oder Ähnliches bekommen. Wie wird es gemacht?

Anne war dann zum Glück da, als eine nette Ärztin kam und mir mitteilte, dass sie mir jetzt meine Stammzellen wieder zuführen würde. Dies wird mittels einer Infusion gemacht und dabei wird die ganze Zeit der Blutdruck gemessen und man hängt an einem EKG.

Gegen den unguten Geschmack im Mund und auch gegen die Mundtrockenheit hatte die Ärztin netterweise ein paar Kaugummis mitgebracht.

Alles roch ziemlich schnell nach Knoblauch, aber bestialisch, die arme H. neben mir musste das auch alles aushalten.

Im Gegensatz zur normalen Bluttransfusion, werden die Stammzellen als Konzentrat eingefroren, welches auch Frostschutzmittelmittel enthält.

Durch dieses Konservierungsmittel wird bei vielen Übelkeit und Erbrechen ausgelöst.

Dies war dann auch bei mir der Auslöser von Übelkeit, Erbrechen und Schüttelfrost, man merkte, der Körper fing sofort an sich richtig zu wehren.

An diesem Tag kamen auch Steffen und Sabine, aber sie merkten sofort, dass es mir richtig schlecht ging. Steffen sprach dann auch gleich mit einem Stationsarzt, der aber sagte, dass dies normal sei nach der Transplantation.

Ich hatte fast wie auf Knopfdruck richtig hohes Fieber und merkte, wie die Schleimhäute immer schlechter wurden; ich konnte nichts mehr essen und wurde künstlich ernährt. Nach ein paar Tagen bekam ich dann irgendwie gar nichts mehr mit.

Ein CT während meiner Isolation

Da H. bei meiner Ankunft etwas erkältet war, erwischte ich natürlich im Laufe der Zeit und bei meinen geringen Antikörpern H's Bronchitis und konnte nach der Transplantation nur schwer atmen, was zur Folge hatte, dass ich am 7. März zum CT musste.

Tja, bringe mal einen super schwachen Menschen, und zwar schwach in jeder Hinsicht, sowohl vom Immunsystem als auch körperlich, denn ich hatte ja fast nichts mehr gegessen und wurde künstlich ernährt, ohne Gefahr zum CT.

Das CT befindet sich im Keller des Klinikums und man musste dort lange im Gang stehen und warten. Es zog und jeder kam hustend und schnupfend an einem vorbei. Jan war so lieb und brachte mich mit einem Bett runter, denn auch der Transport war nie wirklich gewährleistet bzw. dauerte wegen Personalmangels immer ewig und das wollte er mir in meinem Zustand nicht antun.

Zwei Stunden warteten wir dann gemeinsam vor dem CT, und Jan wurde immer unruhiger, denn mir ging es wohl immer schlechter und auch der Bronchitis tat der zugige Aufenthalt nicht wirklich gut. Ich weiß nur noch, dass ich kaum fähig war mich vom Bett auf diese Liege des CT's zu legen. Irgendwie konnte ich das nicht abschätzen und bin dann sehr hart auf der Liege „aufgesessen".

Die Auswertung des CT's war erwartungsgemäß schlecht, aber auch das ging in meinem Zustand an mir vorbei.

Jetzt kamen auch meine Eltern, komplett eingemummt zu Besuch, ich sehe sie heute noch fassungslos vor meinem Bett sitzen. Papi kam dann öfters, aber auch das habe ich nur am Rande wahr genommen, Mami hatte immer noch eine so starke Erkältung. Ich weiß noch, dass Papi einmal beim Rausgehen sagte:„Du musst wieder gesund werden, wir brauchen Dich!" Daran hielt ich mich dann fest und versuchte mein Bestes zu geben.

Durch meine Krankheit zog ich auch das seelische Gleichgewicht meiner ganzen Familie in Mitleidenschaft. Ich glaube, wie sie mich da so haben liegen sehen, war ihnen eine gewisse Aussichtslosigkeit meiner Situation präsent.

Toll war, dass sie mir trotz all ihrer eigenen Unsicherheit und Hilflosigkeit das Gefühl gaben, dass sie immer für mich da wären und mir helfen würden, wenn ich sie brauchte.

Obwohl ich nicht wirklich ansprechbar war, tröstete mich alleine die Anwesenheit der ganzen Familie in diesen Tagen und gab mir schließlich auch die Kraft und den Mut durch diese schwierigen Tage zu gehen.

Das Capillary Leak Syndrom

Ich weiß noch, dass mich ein paar Tage später Prof. K mit Prof. B. besuchte. Prof. K. erkannte sofort, dass es mir richtig schlecht ging. Mein Körper hatte ca. 17 Liter Wasser eingelagert.

An dieser Stelle ein ganz, ganz großes Danke an Herrn Prof. K., den ich bei allen Fragen auch jederzeit über SMS erreichen konnte. So schlecht es mir auch ging, es gab mir doch immer wieder eine Sicherheit und das Gefühl, dass sich jemand, den ich kenne und der in der Materie bewandert ist, um mich kümmert. Er schrieb mir dann auch, dass ich das Capillary Leak Syndrom hätte und dass dies die Wassereinlagerungen erklärte.

Tatsächlich schwollen meine Beine auf das Doppelte der Normalgröße an, meine Hände und Füße waren komplett deformiert und meine beiden Schamlippen sahen aus wie Baguettebrötchen.

Den ganzen Tag vegetierte ich nun wirklich nur vor mich hin. Gar nicht richtig wahr nahm ich, dass mich auch Frau S. besucht hat, an diesem Tag ging es mir wohl so richtig schlecht, im Nachhinein DANKE und mein Eindruck, dass sie der Engel an der Seite von Prof. B. ist, hat sich spätestens da bestätigt.

Anne und Jan waren jeden Tag bei mir. Jan brachte mir morgens immer etwas Brühe, aber ich konnte nichts essen und wirkte auf alle einfach nur apathisch.

Meine ganze Restfamilie war so erkältet, dass sie sich bei meinem Immunzustand nicht ins Krankenhaus traute, anstecken wollte mich ja keiner! Aber ich war mir des Mitgefühls aller bewusst.

Wir telefonierten jeden Tag, aber oft war ich selbst dazu zu schwach und Anne sprach dann, erzählen konnte ich ja sowieso nicht viel, da es außer von Fieber, Schüttelfrost, Magenschmerzen usw. nichts zu berichten gab. Auch auf Petras H.'Mails konnte ich gar nicht mehr antworten und Steffen, der mir über die ganze Krankenhauszeit jeden Morgen eine SMS geschickt hatte, konnte ich in dieser Zeit auch nur knapp antworten.

Dann war da noch die Episode, als H. ihre Perücke aussuchte: Irgendwie war mir das alles zu viel, so viele Leute und ich hatte immer Angst, dass ich mich anstecke, also lag ich da den ganzen Nachmittag mit Mundschutz im Bett, bibbernd vor Angst und verzweifelt. Einerseits freute ich mich für sie, andererseits war ich nun diejenige, die in Panik war, sich etwas von außen zu holen.

Anne löste Jan immer gegen 11:00 Uhr ab und war bis 17:00 Uhr bei mir. Viel anfangen konnte sie mit mir nicht. Ich hatte gar kein Gefühl mehr für Raum und Zeit, lag einfach da, hatte weder Durst noch Appetit.

Anne versuchte zwar mir öfters irgendetwas zu trinken zu geben, mal ein Schluck Cola, mal Capri Sonne, dann probierte sie es mit Eis – geschmeckt hat alles nichts. Da meine Hände so geschwollen waren, konnte ich auch selbst nichts greifen und musste immer durch einen Strohhalm trinken. Nachts standen Wasserflaschen auf meinem Nachttisch, die ich aber nicht greifen konnte, und ehrlich gesagt, waren sie mir zu schwer zum Hochheben.

„Wickelkind" und künstliche Ernährung

Am schlimmsten waren die Nächte. Ich war zu schwach, um auf die Toilette zu gehen, wurde zwei Wochen gewickelt und ich glaube, die eine Krankenschwester, Nachtschwester, hat heute noch einen Horror vor mir, alle Stunde musste Sie meine Windel wechseln. Entweder Durchfall oder Pipi, mir ging es einfach nur schlecht …

Am nächsten Tag bekam ich Schlaf- und Beruhigungsmittel für die Nacht, aber auch das nutzte nicht viel. S., die Frau von A., sie war zu der Zeit Schwester auf der anderen Isolierstation, stellte dann eines Nachts, als sie bei uns auf der Station zu Besuch war und ich gerade zur Toilette geführt wurde, fest, dass ich viel zu viel Wasser eingelagert hatte.

Darauf wurde, leider erst gegen Abend, angeordnet, dass ich Lasix – ein Entwässerungsmittel – per Spritze bekommen sollte. Na ja, das war dann wieder eine Nacht, in der ich ständig die Windeln gewechselt bekommen musste, denn alleine auf Toilette konnte ich nicht gehen.

Prof. S. hat in der 3. und 4. Woche meines Aufenthaltes öfter morgens Visite gemacht und die Medikation zum Glück umgestellt, so dass ich die Lasixspritze am Tag bekam und Anne mir tagsüber alle Stunde den Nachttopf unterschieben konnte.

Auch das Waschen, besser gesagt das gewaschen werden, denn so war es zwei Wochen lang, war für mich eine Prozedur. Ich war teilweise wund gelegen und, ehrlich gesagt, lag ich auf dem Rücken wie ein Maikäfer, kam selbst gar nicht hoch, konnte phasenweise noch nicht mal im Bett etwas nach oben oder unten rücken. Es war ein doofes Gefühl, mal lag mein Kopf zu dicht am Brett des Bettes oben, mal waren die Füße unten an dem Brett und ich lag oben recht verdreht auf den Kissen, alles tat mir weh und selbst bewegen konnte ich mich nicht. Ich hatte so viel Wasser eingelagert und war so aufgeschwemmt, dass meine Füße wie Klumpen aussahen, die Hände gar nicht mehr richtig funktionierten, die Beine waren megadick und ich konnte sie kaum bewegen. Essen war auch eine Qual und dann hatte ich ständig Durchfall, was im Krankenhaus zunächst auf die Chemo und die Transplantation zurückgeführt wurde.

Wenn ich morgens zweimal in einen Toast biss oder zwei Löffel Haferbrei probierte, war es mir schon wieder schlecht.

Ekelhaft waren für mich auch die Kaliumtabletten, die ich erst als Brausetablette und später als normale Tablette nehmen sollte. Noch heute wird mir ganz übel, wenn ich daran denke. Da ich mich verweigerte diese zu schlucken, mir wurde einfach immer so schlecht davon und da es mir ja sowieso nicht gut ging, versuchte ich so etwas von außen Zugeführtes zu vermeiden. Da Kalium aber ein sehr wichtiger Stoff im Körper ist, denn wenn er fehlt kommt es zu Herzproblemen, hängten sie mir eine Kaliumpumpe an. Diese Infusionen liefen dann über Stunden, immer abwechselnd mit meiner Ernährung und Infusionen gegen die immer wieder neu aufsteigende Übelkeit.

Irgendwann, ich denke so nach drei Wochen, war die „Wickelphase" überstanden und sobald es etwas besser ging, bekam ich einen WC-Stuhl; ich war nicht in der Lage auf die Toilette zu laufen. Gar keine Kraft! Mir war das peinlich, H's Mann war da und ich musste im Zimmer auf den Stuhl, aber es war nichts zu machen, ich konnte keinen Schritt laufen.

Mittlerweile war ich von 67 kg (wegen des eingelagerten Wassers) wieder auf 43 Kilo runtergekommen. Jetzt fingen meine Hände und Füße an sich zu schälen. Ich konnte ganze Hautschichten einfach abziehen. Auch meine Finger und Fußnägel waren so, dass sie nach und nach abgeschält werden konnten und sich komplett erneuerten. Was interessant war, mein ganzer Körper war gebräunt, als wäre ich Wochen im

Urlaub gewesen. Auch nach dem Abziehen der Haut blieb die Bräune erst einmal bestehen. Dies waren allerdings innerliche Verbrennungen und die Haut regenerierte sich nur langsam, in die Sonne durfte ich gar nicht.

Nach drei Wochen ein großer Schock

Als ich mich nach drei Wochen erstmals wieder im Spiegel sah, hatte ich das große Grausen.

Anne hatte mich mit Mühe und Not zum Waschen ins Bad geschoben und ich stand erstmalig nach 21 Tagen auf und erkannte mich, ehrlich gesagt, selbst nicht wieder: keine Wimpern, keine Augenbrauen, keine Haare. In der ganzen schlimmen Zeit konnte ich weder fernsehen noch lesen noch malen oder an meinem Ipad spielen, ich hatte für nichts Kraft und auch kein Interesse.

Stellenweise dachte ich, das schaffst Du nicht!

An diesem Abend rief ich auch meine Eltern an und sagte, ich könne nicht mehr. Ich fühlte mich schrecklich und hatte mich im Spiegel gesehen, quasi als Bestätigung, wie schlecht es mir ging, so sah ich auch aus, wie ein alter Mann! Ich konnte und wollte nicht mehr. So eine Quälerei!

Am nächsten Tag waren meine Eltern, die ja immer noch erkältet waren, in der Klinik und saßen beide vor meinem Bett, schauten mich erstaunt an und gaben mir, glaube ich, insgeheim recht, dass ich gruselig aussah.

Trotz allem sprachen sie mir Mut zu und dass sie mich doch brauchen würden. Dies gab mir Trost und Halt. Ich denke, meine ganz Familie war in dieser Zeit sehr tapfer und ging sehr gut mit der Situation um.

Es wurde nichts verschönt, denn als Kranker bist du nicht blöd oder entmündigt, aber es wurde auch nicht dramatisiert, so dass ich meinen eigenen Weg der Verarbeitung und Gesundung wählen konnte, mit der starken Empathie meiner Familie im Rücken! Daraus habe ich immer wieder Kraft geschöpft und selbst in diesem Zustand meine Gedanken auf Heilung gelenkt.

Jetzt fing ich auch an meine Hände selbst aufzulegen und um göttliche Heilung und um Linderung der Symptome zu beten. Ich war in dieser Zeit extrem dankbar, dass die Zellen wieder angewachsen sind und betete, dass mein Körper wieder heil wird.

Es ist schon Wahnsinn, was der Körper alles aushält, nach einiger Zeit setzten so manche Funktionen wieder ein.

Morgens quälte ich mich aus dem Bett und versuchte mit H. am Tisch zu sitzen und wenigstens einen Happen zu essen, damit die künstliche Ernährung aufhören konnte. Lange hielt ich aber nie aus, ich war sogar zum Sitzen zu schwach. Mir tat sofort der Rücken weh, und es war für mich ein Kraftakt vom Stuhl wieder ins Bett zu kommen. Mein Steißbein schmerzte auch sofort, da ich ja überhaupt kein Fett mehr an mir hatte.

Während dieser Zeit überlegte ich mir oft, ob ich wohl dieses Fatigue Syndrom hätte, denn ich hatte auf nichts Lust, konnte Stunden einfach nur da liegen und hatte auch einfach gar keine Kraft mich größer fortzubewegen.

Außerdem hatte ich immer noch Durchfall, zwar gefühlt nicht mehr ganz so stark, aber ich nahm ja auch gar nicht viel zu mir.

Was ist los in meiner Körpermitte?

In dieser schlimmen Zeit kam noch hinzu, dass mein Darm mich meiner Energie beraubt hatte. Das hört sich vielleicht komisch an, aber es war so. Wenn wir davon ausgehen, dass der Darm generell unser Wohlbefinden beeinflusst und auch eine sehr wichtige Bedeutung für das Immunsystem hat, tat mein Darm in dieser Zeit das Gegenteil. Ich hatte ständig Durchfall und konnte mir dies nur durch die Chemotherapie erklären. Das Problem war nur, es hörte und hörte nicht auf. Dadurch konnte ich auch aus der Nahrung keine Nährstoffe ziehen. Da im Darm auch unsere Vitamine, also Vitalstoffe hergestellt werden, ist es nur allzu verständlich, dass ich nur winzige Fortschritte machte. Ich behielt ja quasi nichts in mir, und so konnte auch mein Körper keine „Reparaturarbeit" leisten. Meine Darmschleimhaut war ja durch die Therapie angegriffen und so fehlten mir ca. 200 Quadratkilometer körpereigene Abwehrkräfte. In der Klinik in Offenbach hatte ich täglich Lactobakterien zu mir genommen, hier hatte ich ja keine Kontrolle über mich selbst und tat dies nicht.

Endlich nach Hause

Im Nachhinein war es eher ein Fluch als ein Segen, dass ich nach Hause gegangen bin. Aber nach so langer Zeit in der Klinik wollte ich unbedingt heim.

Es waren genau vier Wochen, und dann durfte ich laut Herrn Prof S. die Klinik verlassen.

Just an diesem Tag hatte H. noch ein Gespräch mit Prof. S., Ihr Mann war auch dazu gekommen und da ich noch auf den Arztbrief warten musste, setzte ich mich mit Anne in die Besucherecke vor dem Zimmer – immer mit Mundschutz. Dort überlegte ich mir dann die ganze Zeit, wie ich es schaffe, mich anzuziehen und zu Annes Auto zu kommen.

Zum Glück hatte Anne die blauen „Leihrollstühle" im Eingangsbereich der Klinik gesehen und bot an einen davon zu holen. H's Gespräch kam mir unendlich lange vor und nach ca. einer halben Stunde war ich schon wieder bettreif. Ich konnte mich nicht mehr auf dem Stuhl halten und musste den Kopf auf den Tisch legen – alles war so unendlich anstrengend.

Nach einer gefühlten Ewigkeit fragte Anne vorsichtig im Zimmer bei H. an, ob es möglich wäre, dass ich mich wieder hinlegen könnte. Zum Glück war das okay.

Zuerst legte ich mich auf mein Bett und ruhte etwas aus. Wir warteten ja noch auf den Arztbrief. Dann half Anne mir mich anzuziehen. Auch sie freute sich riesig, dass ich endlich nach Hause konnte. Vier Wochen jeden Tag Stunden mit Mundschutz in der Klinik waren auch für sie anstrengend und es ging verständlicherweise an ihre Grenzen. Sie hat dann den Rollstuhl geholt, und wir waren frei. Nach vier Wochen endlich mal wieder frische Luft. Aber noch war ich nicht daheim.

Das werde ich auch nie vergessen: Anne ging das Parkticket zahlen und ich dachte, die zwei Schritte, und es waren wirklich nur zwei, zum Auto schaffst Du, aber weit gefehlt, wenn Anne nicht aufgepasst hätte, wäre ich Ihr vors Auto gefallen.

Endlich im Auto, endlich nach Hause. Aber mir ging es alles andere als gut. Die Autofahrt war für mich eigentlich schon eine Qual und gerade an diesem Tag war die Ampel an einer Kreuzung ausgefallen, keiner fuhr und wir standen und standen. Ich, was normalerweise gar nicht meine Art ist, wurde immer quengeliger, dann rief noch Steffen an, wo wir blieben, ich war total schlecht drauf und in höchstem Maße genervt – und vor Schwäche war es mir schon wieder superschlecht. Jeder freute sich, dass ich nach Hause durfte, und ich war schlecht drauf.

Ich musste so dringend auf die Toilette, mein Durchfall war ja immer noch alarmierend, und ich zitterte. Aber dann war es soweit, endlich daheim! Den Weg vom Auto zum Haus konnte ich nicht laufen, Jan musste mich tragen. Als erstes sank ich aufs Sofa, und da lag ich nun.

Alleine zur Toilette konnte ich nicht, essen konnte ich nicht und auch trinken war nicht mein Ding. Zu Hause habe ich mir dann erst mal den Arztbrief durchgelesen und war total schockiert, was ich da lesen musste. Es stand unter anderem darin, dass der Bulktumor im Mediastinum gewachsen wäre und als Behandlung wurde eine allogene Knochenmarktransplantation vorgeschlagen. Na bravo, dachte ich mir, war das jetzt alles umsonst?

Gleich faxte Annes Sohn damals die Unterlagen an Prof. M. H., ein guter Freund der Familie, und ich fieberte einer Antwort entgegen.

Prof. M. machte das dann ganz gut, beruhigte mich erst mal und sagte, dass in solch einem Brief auch alle Eventualitäten und weitere Behandlungsmöglichkeiten aufgeführt werden müssten.

Da es mir ja nach wie vor so schlecht ging, stellte ich die Auseinandersetzung damit erst mal hinten an. Aber im Hinterkopf war dies natürlich immer präsent.

Für mich waren jetzt essentielle Dinge wichtig, wie z.B. wie komme ich die Treppe hoch und in unser Schlafzimmer? Alleine schon, wenn ich daran gedacht habe, war ich nass geschwitzt und mir wurde im Gedanken an die Anstrengung übel.

Am ersten Abend geleitete Jan mich die Treppe hoch, mit unserem erfundenen „Tchutchutrain". Ich hielt mich an ihm fest und er zog mich hoch. Bis ins Schlafzimmer schaffte ich es dann und bin unendlich erschöpft und schweißgebadet aufs Bett gefallen. Mir war elend vor Schwäche und ich dachte, ich müsste mich übergeben, also holte Jan sofort einen Eimer. An Umziehen war nicht mehr zu denken, ich konnte einfach gar nichts mehr!

Nachts starrte ich oft vor mich hin, da ich ja sowieso kein wirkliches Zeitgefühl hatte, lag Stunden einfach nur so da, oft auch mit dem Gedanken, wie ich es am nächsten Tag schaffen würde mich anzuziehen, zu waschen oder allein schon die Treppe zu meistern.

Jan brachte mir morgens immer heißen Haferbrei in einer Tasse ans Bett. Meist nippte ich nur, mir war es ständig schlecht, vor allem der Durchfall ließ einfach nicht nach und durch das wenige Essen und Durchfall kam ich nicht zu Kräften.

Gerne aß ich in dieser ganzen Zeit ein „Klepperei" – mit Maggi, damit es ein wenig Geschmack hatte. Zudem war es schön weich und rutschte gut, meine ganze Speiseröhre fühlte sich noch entzündet an. Aber lange am Tisch sitzen konnte ich auch nicht, ich konnte mich gar nicht aufrecht halten.

Mami und Papi ging es jetzt wieder besser und sie besuchten mich täglich. Anne war immer so gegen 11.00 Uhr bei uns und reichte mir Tee, da ich sonst gar nichts getrunken oder gegessen hätte. Auch Steffen und Sabine kamen vorbei und merkten, dass mein Zustand eher schlecht war.

Nach zwei Wochen hatte ich auf einmal wieder sehr hohes Fieber, war total erkältet und der Durchfall war immer noch da, gelb/grünlich und immer dünn. Ich verlor viel Flüssigkeit, führte wenig zu, da mir alles zu viel war und kam einfach nicht zu Kräften!

Ich konnte nicht mehr zu Hause bleiben, es war für alle eine Qual, jeder bemühte sich um mich und ich machte einfach keine Fortschritte, mir ging es fast täglich eher schlechter als besser …

Zu großen Gedanken war ich in dieser Zeit nicht fähig, ich glaube der Körper stand jetzt auf Überlebensmodus, ich schlief fast nur oder döste.

Nachdenken kann man in diesem Zustand nicht, was vielleicht auch ganz gut ist. So hatte ich auch keinen Sinn zu bangen, zu zweifeln oder für Ängste.

Ich dachte von jetzt auf nachher und wie ich die für mich täglichen Strapazen (anziehen, Zähne putzen, essen, sitzen ...) schaffen würde.

Alles andere war mir egal. Auch Ablenkungen wie fernsehen, am Computer sitzen, IPad spielen, lesen, es ging gar nichts.

Zurück in die Klinik

Also wurde entschieden, wir fahren in die Klinik. Jan und Anne fuhren mich beide, denn so konnte sich einer um das Auto kümmert und einer blieb bei mir, ich fühlte mich nicht imstande alleine zu bleiben. Allein konnte ich weder laufen, noch sitzen, noch stehen.

Prof B. hatte an dem Tag keine Sprechstunde, aber Frau S. holte ihn dennoch. Ich konnte mich nicht auf den Beinen halten, fing sofort an zu weinen, mir war kalt und schlecht und ich war schwach. Alles war mir egal, Hauptsache, ich konnte mich irgendwo wieder hinlegen.

Auch hier holte Anne mir sofort einen Rollstuhl, und ich durfte dann auf einen Sessel in der Ambulanz, ich konnte mich einfach nicht gerade halten und mir ging es nur schlecht.

Herr Prof. B., der meinen Zustand sofort erkannte, sagte, er würde mich wieder stationär aufnehmen und alles Weitere veranlassen. Jan fuhr dann wieder, um mir Sachen zusammenzupacken.

Ich bekam noch unten in der Ambulanz Blut abgenommen und eine nette Helferin meinte, am besten wäre es, wenn Anne mich mit dem Rollstuhl nach drüben ins Hauptgebäude in die Station 14, die ich ja schon kannte fahren würde.

Mir war irgendwie alles nichts, ich heulte, konnte mich kräftemäßig kaum im Stuhl halten und musste dann im Warteraum der Station sitzen und warten, bis Anne den Rollstuhl zurückgebracht hatte. Mir kam es vor wie eine Ewigkeit, bis sie wiederkam und noch länger dauerte es, bis das Zimmer fertig wurde.

Ich konnte nicht mehr und mein heiß ersehntes Bett wurde und wurde nicht fertig. Schlussendlich stellte sich heraus, dass keine Kissen und Decken mehr da waren, daher dauerte es so lange.

Ich telefonierte mit Sabine, die gleich die Schwestern anrief, ob sie selbst kommen und mir ein Kissen bringen solle. Na ja irgendwann klappte auch das. Ich war jetzt in einem 4-Bett-Isolationszimmer mit einer Deutschen mit Leukämie, einer Russin aus Kasachstan, die ein Non Hodgkin Lymphom hatte und einer Dame, die nicht ansprechbar war, da ein Lymphom im Kopf gedrückt hatte.

Tante Maria, die mich täglich anrief, kam auf die Idee, dass ich vielleicht Clostridien erwischt haben könnte. Dies würde erklären, dass ich ständig Durchfall hatte und dieser auch nicht aufhörte. Hauptsächlich werden Clostridien bei langen Antibiotikagaben gebildet. Durch das Antibiotikum wird die Darmflora geschwächt und gibt so den Bakterien die Möglichkeit zur Ansiedlung im Darm.

Verrückt: Clostridien werden durch ein Antibiotikum verursacht und mit einem anderen Antibiotikum behandelt. Sprich: Der Teufel wird mit dem Beelzebub ausgetrieben.

Also sprach ich die Schwestern in der Station darauf an und noch am Abend musste ich einen Test machen.

Nach zwei Tagen war das Ergebnis des Tests da und siehe da, ich hatte tatsächlich Clostridien. Dies erklärte jetzt meinen immer wiederkehrenden Durchfall, der ja die ganze Zeit auf die Chemo geschoben worden war.

Schon nach einem Tag Antibiotikum ging es mir Gott sei Dank etwas besser. Ich fand es beeindruckend, wie schnell das Mittel wirkte!

Natürlich hörte der Durchfall nicht sofort auf, und ich machte mir in diesem Zimmer, da ja auch die Toilette ziemlich frequentiert war, nicht nur einmal in die Hose ...

Interessant war auch, dass ich mich nicht hinhocken oder etwas aufheben konnte, ich kam nicht mehr hoch, die Beine versagten den Dienst, ich hatte einfach keine Kraft!

Nach einer Woche Klinik durfte ich wieder gehen. Diesmal konnte ich langsam alleine, aber immer mit Stütze laufen und fühlte mich wenigstens halbwegs besser. Auf dem Rückweg von der Klinik habe ich erstmals wieder bei den Eltern reingeschaut und Hallo gesagt, lange konnte ich nicht bleiben, es fehlte noch die Kraft.

Wieder zu Hause

Ich war jetzt zwar etwas kräftiger, aber immer noch weit davon entfernt ein paar Stunden alleine zu bleiben.

Es fing morgens an, Jan brachte mir mein erstes Frühstück, Haferbrei mit Wasser angerührt, denn Milch konnte ich zu diesem Zeitpunkt gar nicht vertragen, ans Bett.

Ich habe ein Bett, bei dem man das Rückenteil hochfahren kann, und so saß ich dann morgens, unfähig einen Schluck Haferbrei zu mir zu nehmen. Es war zum Verzweifeln, ich hatte einfach gar keinen Appetit. Nachdem ich lustlos ein paar Löffelchen zu mir genommen hatte, kam der weitaus schwierigere Teil des Tages für mich.

Jetzt hieß es nämlich aufstehen, waschen und einen Jogginganzug anziehen. Alleine ging gar nichts, also schleppte Jan mir die ganzen Kleidungsstücke schon mal ins Schlafzimmer. Bis ich mein Sweatshirt angezogen hatte, war ich schon wieder vollkommen geschwitzt und zittrig vor lauter Schwäche. Ans Zähneputzen wollte ich gar nicht denken, denn zum Bad waren es mindestens zwölf Schritte. Für mich unüberwindbar, denn die Treppe nach unten lag ja auch noch vor mir.

Ich musste meine Kraft sparen, also half Jan mir die Treppe runter und erst mal gleich wieder auf die Couch im Wohnzimmer. Mir war es dann immer so schlecht, dass ich eine halbe Stunde brauchte, bis ich mich langsam an den Frühstückstisch setzen konnte. Auch hier ging ein rohes Ei mit ein oder zwei Brötchenstücken, klein geschnitten und getunkt und das war es dann, ich konnte nicht mehr – wieder auf die Couch.

Die Tage verbrachte ich auf dem Sofa, aber ich konnte nichts lesen, ich hatte keine Wimpern und keine Augenbrauen, meine Augen tränten nur und taten weh..

Jan versuchte mir so gut er konnte den Alltag einzurichten, aber es war schwierig. Ich konnte gar nichts, oft brachte er mir dann etwas zum Sofa, eine Zeitung, etwas zum Essen, aber auch da war meist nach zwei Löffeln Schluss.

Mal hatte ich Lust auf etwas – Jan erfüllte mir jeden Essenswunsch –, doch kaum roch ich es, ging gar nichts mehr.

Auch das Trinken fiel mir schwer oder besser gesagt, mir fehlte immer die Kraft mich aufzurichten und nach dem Getränk zu greifen. Meist reichten es mir Jan oder Anne, die täglich zu uns kam.

Noch mehr war der Toilettengang eine Qual und das nicht nur wegen des Weges hin, denn allein das schwächte mich schon, aber ich kam, wenn ich dann immer etwas unsanft auf dem Toilettendeckel gelandet bin, von alleine nicht mehr hoch. Meine Beine waren zu schwach. Also musste mich immer jemand hochhieven. Wenn ich mir das heute alles überlege, wie habe ich das nur geschafft!

Am Anfang, also den ersten Monat zu Hause, schlief ich viel, mir war immer noch sehr oft schlecht, bis Steffen meinte, ich sollte doch die Vomex einfach mal alle sechs Stunden nehmen, damit erst gar keine Übelkeit aufkäme, auch meine Freundin Yvonne machte diesen Vorschlag, und so verlor ich langsam die Übelkeit etwas und konnte dadurch ein bisschen besser essen.

Da der Magen immer sehr zum allgemeinen Wohlbefinden beiträgt, war ich glücklich, dass ich mich jetzt wieder ein wenig auf andere Dinge konzentrieren konnte.

Ich beschrieb schon zuvor, dass es nicht einfach ist, sich selbst Aufmerksamkeit zu gönnen, wenn man schwere Zeiten durchlebt. Es ist eine Gratwanderung zwischen einer selbst empfundenen Ruhelosigkeit, in der ich es nicht schaffte mich mit mir selbst auseinanderzusetzen und Zeiten, in denen ich immer wieder versuchte mir selbst Mut zu machen, meine eigenen Fortschritte zu loben und meinen Geist ein wenig zu entspannen.

Meditieren fiel mir auch immer noch sehr schwer. Langsam fing ich wieder an meinen Garten zu „begehen" und fand unter der Terrasse einen sonnengeschützten Platz, an dem ich ins Grün schauen konnte. Es tat so gut, Natur aufzunehmen. Früher war mein Leben geprägt von Aktionismus, heute war ich froh, wenn ich allein auf die Toilette gehen konnte und die paar Schritte in den Garten schaffte. Ich lebte in meinem eigenen kleinen Universum und bekam von der „Jetzt-Ökonomie" und dem Stress nichts mit.

Diese Zeit war für mich eine Zeit der Entschleunigung und genau das tat in diesem Moment so gut. Ich musste mich ja erst mal wieder selbst finden!

Ich war überzeugt, das Schlimmste überstanden zu haben. Das Leben liegt im Fluss und es gibt immer Zeiten des Glücks und Zeiten der Sorge und Trauer. Ich habe mir angewöhnt allem mit Dankbarkeit zu begegnen und auch mal alle fünfe gerade sein zu lassen. Natürlich gelingt es nicht immer, aber ich übe in der Gegenwart zu bleiben, auf mich zu achten und den Fluss des Lebens zu akzeptieren.

Die Kontrollen in der Klinik waren für mich immer der Horror, es war eine Zeit im Frühjahr, wo jeder schnupfte und hustete und ich musste ja immer meinen Mundschutz tragen. Die Warteräume waren sehr überfüllt und anfangs bat ich darum, mich irgendwo in der Ambulanz bequem hinsetzen zu dürfen, denn ich konnte mich nur schwer aufrecht halten, sogar im Sitzen. Auch das lange Warten war sehr strapaziös, die Blutabnahme ging oft trotz wirklich zärtlichen Versuchen von Frau S., gar nicht, also musste Blut über den Port abgenommen werden.

Langsam stabilisierten sich die Werte. Mir war übrigens ständig kalt und ich konnte nie ohne Mütze schlafen und ging auch nie ohne Kopfbedeckung, egal welcher Art, aus dem Haus. Wenn ich gerade mal nicht fror, hatte ich einen Schweißausbruch, oft musste ich mich bis zu zehnmal umziehen bzw. ging zu meiner alten Gewohnheit über, indem ich mir kleine Gästehandtücher in den Pulli steckte und diese bei Bedarf wechselte. Ich schlief jeden Mittag mindestens drei Stunden, oft auch mehr und abends sind mir schon um 19:00 Uhr die Augen zugefallen.

In der Klinik hatte ich mich noch um eine Reha gekümmert und dort auch schon alles ausgefüllt, aber Herr Prof. B. meinte, dass dies viel zu früh sei und ich mich erst später darum kümmern sollte. Die Reha sagte ich ab und holte sie auch später nie nach.

Meine Zeit zu Hause ging so dahin, ohne dass ich großen Anteil daran nahm.

Meine Freundin Christiane, die ich schon seit Kindheitstagen kenne, kam mit ihrem Mann aus dem Schwarzwald zu Besuch. Ich freute mich riesig, gaukelt einem dies doch immer ein bisschen Normalität vor. Aber ich konnte mich gar nicht lange dazu setzen, musste mich immer wieder legen und schlussendlich brachte Christiane mich dann „ins Bett". Goldig war der kleine Korb mit Hautlotionen, den sie mir mitgebracht hatte. Wenn sie mich früher besucht hatte, war es meist eine Flasche Wein – so schnell kann sich etwas ändern.

Überhaupt besuchten mich meine Freunde sehr oft, aber auch hier musste ich mich immer wieder hinlegen. Ich konnte in dieser Zeit auch Konversationen nicht richtig folgen, mir fehlte die Kraft und auch die Konzentration.

Alle Empfindungen waren nur auf den Körper gerichtet. Ich hatte oft Schmerzen in den Knochen und Gelenken, michschmerzten stellenweise die OP-Narben, meine Finger waren taub, die Füße auch, kurzum: Der Körper war total am Ende.

Meine Geschmackssinne waren immer noch getrübt, dadurch nahm ich immer nur homöopathische Dosen zu mir, und sehr lange Zeit fiel mir das Sitzen soooo schwer! Außerdem war es immer ein Wechsel zwischen kalt und heiß, der durch meinen Körper ging. Die Hitzewallungen waren unglaublich und begleiteten mich noch lange nach den ganzen Behandlungen.

Klimakterium?

Schon vor der ersten Chemo, da ich ja auch so gravierend abgenommen hatte, blieb meine Regel aus. Man wird ja durch die Behandlungen in künstliche Wechseljahre versetzt, da die Eierstöcke sehr in Mitleidenschaft gezogen werden. Bei mir hat sich das bis heute nicht wieder normalisiert und ich glaube, ich bin nach der Behandlung direkt in die Wechseljahre gekommen. Das Schwitzen hat seit 2015 nachgelassen und Herr Prof. B. hat auch bei einer der Blutabnahmen einen Hormonstatus gemacht, aber anscheinend ist der Körper entweder noch nicht so weit oder hat beschlossen gleich in die Wechseljahre überzugehen. Also dies werde ich noch erleben.

Es wurde Zeit für eine Nachsorgebehandlung

Zuerst wollte Herr Prof. B. mich nach der Tortur bestrahlen, aber glücklicherweise kam ein Antikörper, erfunden von einem Kölner Professor heraus: „Brentuximap".

Im Rahmen einer Studie bekam ich diesen dann alle 2 Wochen. Vorher wurde immer eine Gabe Cortison gereicht und irgendein anderes Antiallergikum, denn der Antikörper löste allergische Hautreaktionen aus.

Danach wurde der Port wieder mit einem Viertel Liter Kochsalz gespült und mit Heparin geblockt.

Diese Brentuximap-Gaben bekam ich alle zwei Wochen und da war ich immer ungefähr einen halben Tag in der ambulanten onkologischen Station der Uni Klinik.

Anne begleitete mich jedes Mal, und so kam mir die Zeit gar nicht so lange vor und ich konnte mich über alltägliche Dinge mit ihr unterhalten und musste mich nicht mit den Krankheiten der anderen beschäftigen. Man liegt da nämlich mit acht kranken Menschen in einem Raum. Jeder dieser Menschen hängt an einem Tropf mit Chemotherapie und die Stimmung ist nicht gerade die Beste.

Brentuximap gilt eigentlich als äußerst nebenwirkungsarm und effektiv, mir jedoch schlug die Behandlung auf den Magen. Ich konnte auch in dieser Zeit nicht viel essen, hatte gar keinen Appetit. Auch die Haut hat sich dadurch noch weiter verändert. Ich hatte immer mal wieder Stellen, die wahnsinnig gejuckt haben.

Aber auch dies habe ich dann gut und vor allem erfolgreich überstanden.

Mein erster Ausflug

Im Mai 2013 ging es mir schon ein bisschen besser und Jan fuhr mit mir in die Schweiz. Er packte alles, einschließlich mich, eine Klimaveränderung würde mir gut tun, das wurde auch von Prof. B. abgesegnet.

Es war vielleicht etwas früh, denn auch hier konnte ich nicht wirklich viel machen, aber ich freute mich nach so langer Zeit mal wieder etwas anderes zu sehen.

Frische, energiegeladene Luft tat so gut und auch die Natur, die Berge, die Weite – endlich mal etwas „Echtes" und nicht immer die künstliche Krankenhausatmosphäre. Das waren richtige Glücksmomente! Ich umarmte Jan und genoss die ersten Sonnenstrahlen in den Bergen, das Grün und die entspannte Atmosphäre.

Mutig kämpfte ich mich Schritt für Schritt wieder ins Leben. Auch wollte ich wieder selbstständiger sein, also beschloss ich im Juni nach Mallorca zu fliegen. Meine Eltern waren dort und holten mich am Flughafen ab.

Diese Reise war für mich schon abenteuerlich: Natürlich wollte ich stark sein und keinen Hilfsdienst der Airline in Anspruch nehmen, obwohl ich mittlerweile einen 100% Schwerbehindertenausweis (auf Zeit bis 2016) hatte. Nach dem Einchecken lief ich in meinem zugegebenermaßen langsamen Tempo ans Gate und war gottfroh, dass es die Laufbänder gibt. Der Hinflug verlief reibungslos, jemand hatte mir geholfen mein Boardcase in die Gepäckablage zu hieven und bei Ankunft auch wieder raus. Schwierig wurde erst die Busfahrt vom Flugzeug zum Terminal. Da ich nach wie vor Probleme mit meinen Beinen hatte, konnte ich keine großen Schritte bewältigen, also kam ich nur mit Mühe und auf mein Trolley gestützt in den Bus, und auch das war filmreif, denn ich rollte mit dem Trolley kopfüber hinein.

Der Urlaub war erholsam! Ich schlief viel, mein Blick war oft Stunden auf das Blau des Meeres gerichtet, ich atmete die gute Salzluft und erholte mich zusehends.

Endlich fingen auch meine Haare wieder an zu wachsen. Ich war fassungslos, sie kamen wirklich dunkelbraun zum Vorschein, wo ich doch immer blond war, aber ich habe sie geliebt und Welpenhaare getauft. Sie waren anfangs etwas lockig und seidig weich. Da ich so glücklich darüber war, schrieb ich ein paar Gedichte auf sie: „Oh Welpenhaar, oh Welpenhaar, Du bist ganz einfach wunderbar." Oder „Oh Welpenhaar, oh Welpenhaar, erst warst du weg, jetzt bist du da!" Vor allem hatte ich kein einziges graues Haar. Lustig war, dass mich die Leute im Ort und im Hotel gar nicht mehr erkannten. Da sieht man, was Haare doch ausmachen und welche Veränderung sie herbeiführen können.

Jetzt auf der Insel trug ich immer einen Hut oder ein Tuch, denn Schweißausbrüche hatte ich nach wie vor.

Meine Eltern mussten noch viel Rücksicht auf mich nehmen, essen konnte ich immer noch so gut wie gar nichts, und ich brauchte immer sehr lange, bis ich angezogen und zum Ausgehen bereit war.

Aber Spanien mit seiner „Mañana-Mentalität" kam mir sehr gelegen, dort ticken die Uhren ja sowieso immer etwas langsamer und alles ist entspannter. Ich genoss es sehr dabei sein zu können, es gab mir das Gefühl wieder ein Stück ins Leben gefunden zu haben.

Nach zwei Wochen flog ich zusammen mit meinen Eltern zurück, denn ich musste alle zwei Wochen zur Blutabnahme und zur Antikörpertherapie.

Im Juli organisierte mir Jan einen schönen Geburtstag, doch wenn ich heute die Bilder sehe, war ich sehr mager und auch meine Haut im Gesicht sah sehr angegriffen, faltig und fahl aus.

Zu meinem Geburtstag bekam ich von meinen Eltern vier Tage Wien geschenkt und freute mich riesig auf die Reise. Wien ist eine Traumstadt und obwohl wir sie bei super heißen Sommertemperaturen genossen haben, hat es sich für mich angefühlt, wie endlich wieder ganz am Leben teil zu nehmen. Wir haben sehr viel gesehen, uns mit Mamis Freundin aus Südafrika getroffen und Wien erkundet.

Zu Hause angekommen, bekam ich wieder den Brentuximap und nach meiner CT-Kontrolle im August, die zum Glück sehr gut aussah, flog ich am 21. August 2013 wieder zu meinen Eltern nach Mallorca.

Eine Woche waren wir zusammen dort, dann sind Mami und Papi zurückgeflogen und meine Freundin Christiane kam mich besuchen.

Es war eine schöne und lustige Zeit, obwohl ich auch da noch nicht „die Alte" war und Christiane viel Rücksicht auf mich nehmen musste.

Unsere Flieger gingen zu sehr unterschiedlichen Zeiten, so dass Freunde aus dem Ort mir halfen den Koffer ins Auto zu bringen und ich, da war ich ziemlich stolz auf mich, alleine vom Ferienort zum Flughafen nach Palma fuhr.

Beim Heimflug hatte der Flieger drei Stunden Verspätung. Wie sehr hätte ich mir jetzt eine Karte für eine dieser VIP-Lounges gewünscht …! Ich hatte ja gar kein Fett auf den Rippen und auch nicht am Allerwertesten, also konnte ich kaum auf den unbequemen Stühlen sitzen.

Was im normalen Leben für jeden selbstverständlich ist, wird in solchen Situationen wirklich problematisch. Für mich war die Wartezeit wegen der vorher genannten Umstände fast nicht machbar und ich war heilfroh, als ich endlich im Flieger saß.

Aber ich ließ dadurch viel Kraft und merkte, dass auch mein Immunsystem schon wieder abbaute. Die ganze Erholung und frische Luft vom Urlaub waren durch den Stress am Flughafen verpufft.

„Grippig" in Deutschland angekommen

In Frankfurt angekommen, holte Jan mich ab und merkte gleich, dass dies alles zu viel für mich gewesen war. Die Quittung kam prompt mit einer heftigen Erkältung, Ohrenschmerzen, vereiterten Nebenhöhlen, es half alles nichts, ich musste in die Klinik.

Zum Glück wurde ich nicht stationär aufgenommen, musste aber eine Woche lang täglich zu Antibiotikum-Gaben kommen, selbst am Wochenende.

Am 6. Oktober 2013 ging es mir immer noch nicht wesentlich besser und morgens merkte ich, dass ich die Lippen nicht mehr schließen konnte. Ich dachte mir nicht gleich etwas dabei und ging abends mit Jan zu Yvonnes Geburtstag.

Immer noch war ich sehr vorsichtig mit Partys, denn wenn jemand erkältet war, bekam ich es gleich.

An diesem Abend auf der Feier merkte ich, dass das mit meinem Gesicht immer schlimmer wurde, Mikel googelte es gleich; er tippte auf eine Facialisparese, meine rechte Gesichtshälfte hatte eindeutig Lähmungserscheinungen.

Am nächsten Morgen ging ich direkt, nachdem ich zunächst meine Familie ungewollt „geschockt" hatte, zu unserem Hausarzt, der Mikels Diagnose bestätigte und meinte, dass das sehr wahrscheinlich von der Hochdosis Antibiotikum käme. Er

könnte mir Infusionen anbieten, würde mich aber trotzdem bitten, das in der Klinik abklären zu lassen.
Ich hatte dann meinen Kliniktermin am 8. Oktober 2013. Da Herr Prof. B. keine Zeit hatte, war Frau Dr. M. für mich zuständig. Sie schaute sich das an, beschloss den Brentuximap erst mal auszusetzen und vor allem ein MRT zu machen, „damit wir einen Hirntumor ausschließen können", so ihr netter Beisatz, der mich gleich vollends verunsicherte.

Dieses Mal war ich mit meinem Papa da, und er war ganz schön schockiert, wie das dort ablief, beruhigte mich aber sofort und sagte, dass er nicht glaube, dass es ein Hirntumor sei.

In solchen Situationen ist es schon schwer im Vertrauen zu bleiben. Das MRT durfte ich gleich machen und darüber war ich froh. Mit so einer Vermutung Tage herumzulaufen tut wahrlich nicht gut!
Gegen Abend rief mich netterweise Frau S. an und sagte mir, dass nichts im Kopf sei, was da nicht hingehöre - uff, da konnte ich erst mal wieder aufatmen.
Trotz allem dauerte es lange und ich lief mit schiefem Gesicht – die rechte Seite hing total runter– und mit tränendem Auge (deswegen trug ich immer eine Augenmanschette, da das Auge nicht zuging bzw. getränt hat) herum.

Zu diesem Zeitpunkt hatten wir eine Familienreise geplant, denn die ganze Familie war immer darauf bedacht, dass ich zwischendurch möglichst viele Auszeiten hatte. Diesmal profitierte ich sehr von der frischen Meeresluft an unserem Ferienort und auch die Zeit mit meinen Lieben hat sehr gut getan. Ich habe sehr viel geschlafen und mich ausgiebig verwöhnen lassen.
Zum Glück hat sich auch die Gesichtslähmung nach und nach wieder gegeben.

Ende Oktober 2013 hatte ich wieder einen Termin in der Uni und meine Werte waren gut, auch das CT.

Ich bekam noch eine Gabe Brentuximap, dann wurde auch der Antikörper abgesetzt.

Kurz vor den Winterferien hatte ich noch einen Termin bei Prof. B., und er meinte, bis nach den Ferien wünschte er sich, dass mein Gewicht auf 60kg wäre. So viel hatte ich ja nie! So sehr ich mich auch bemühte, der Appetit kam erst sehr langsam wieder.

Ein Leben ohne Chemie

Erst jetzt ging es mir schrittweise besser. Mein Appetit kam langsam zurück und die Übelkeit war nicht mehr so vorhanden. Nach wie vor aber hatte ich kein Gefühl in den Fingerspitzen, die linke Seite am Bein über dem Knie war noch taub und auch die Fußzehen.

Ich bekam Ausschläge, ich denke mal, dass die ganze Chemie so langsam dadurch meinen Körper verließ.

Noch im Februar 2014 war ich sehr dünn und hatte das ganze Gesicht voller kleiner Pickel. Ich, die nie, selbst in der Pubertät, etwas mit Akne zu tun hatte ... Auch waren und sind nach wie vor immer mal Stellen am Körper, die mit kleinen Pusteln anfangen und dann schrecklich jucken.

Natürlich mache ich auch viel für die Entgiftung und versuche dadurch mein „Blut zu reinigen". Angefangen mit Tees über Tropfen, und den Heel-Tabletten zur Unterstützung der Leber.

Ich bin auch heute noch sehr stressanfällig und brauche nach wie vor viel Ruhe und Freiräume!

Was ebenfalls geblieben ist, sind die Krämpfe. Oft wache ich nachts auf, weil ein Bein so sehr krampft, dass ich aufstehen muss. Wenn ich mich auf den Boden setze, verkrampfen sich ganz oft die Füße und ich muss erst eine geeignete Sitzposition finden, bis es mir gut geht. Ich habe für mich ausmachen können, dass dies oft an Tagen geschieht, wo ich zu wenig klares Wasser zu mir genommen habe. Hier sind wir wieder bei der Achtsamkeit, dem eigenen Körper gegenüber. Daran muss ich noch viel Arbeiten, dass ich Bedürfnisse nicht einfach übergehe und weiter mache wie bisher.

Anfangs war ich dann auch immer extrem vorsichtig, habe große Veranstaltungen gemieden und bin oft mit meinem Mundschutz herumgelaufen.

Mit der Zeit bekam ich zum Glück wieder etwas mehr Vertrauen in meinen Körper und ein besseres Körpergefühl.

Heute

Achtsamkeit und Dankbarkeit prägen meinen Alltag. Ich versuche immer mehr und immer besser bei mir zu bleiben und das Leben als das Wunder zu betrachten, was es ist.
  Ich habe meine ursprüngliche Arbeit im Hotel aufgegeben und freue mich, wenn ich sonntags meinen Tag mit unseren Gästen verbringen darf.
  Heute arbeite ich im Facility Management, was mir mehr Freiräume ermöglicht. Ich glaube, mein Manko ist es, dass ich immer alles 100%ig haben möchte, und ich muss gut auf mich aufpassen, dass ich nicht wieder in einen unruhigen Alltag hineinkomme.
  Auch in einer liebenden Großfamilie zu leben ist eine Aufgabe, die oft an meine Grenzen stößt. Ich lerne immer mehr, dass Dinge geschehen, die nicht in meinem Einflussbereich liegen und dass ich Verantwortung abgeben muss. Mir ist bewusst, dass ich nicht wieder über meine Grenzen gehen darf und mich nicht für andere aufopfern darf.
  Jeder geht seinen persönlichen Weg, für mich ist es heute nicht mehr so wichtig, wo er hinführt. Ich möchte mir heute keine Ziele mehr setzen, denn früher war mein Leben immer durchgetaktet, Schule, Abi, Studium, Arbeiten … Ich wollte etwas erreichen, gut dastehen, das ist anstrengend auf Dauer!

Heute bin ich der Meinung, das ist auch nicht der Sinn des Lebens, zumindest nicht mein Sinn des Lebens.
  Es geht alles so viel einfacher, wenn man Dinge auf sich zukommen lässt und wirklich darauf vertraut, dass alles seine Berechtigung hat und sich alles so entwickelt, wie es sein soll! Heute höre ich mehr auf meine innere Stimme, gestatte mir öfters einen Blick in meine Seele, lasse es mir gut gehen.

Auch wenn mal etwas nicht so ist, wie ich es gerne hätte, versuche ich dem Leben zu vertrauen und einen Sinn darin zu sehen und auch meine Gefühle, selbst wenn sie nicht immer nur „gut" sind, zuzulassen und zu leben!

Paradoxerweise ist jeder auf der Suche nach seinem Glück und beginnt diese Suche im Außen, dabei liegt alles in uns, was wir zum glücklich sein brauchen.

Ja, das ist mein Weg und den gehe ich heute 18 Monate nach meiner Erfahrung mit einem Gefühl von Liebe, Hoffnung und Dankbarkeit.

Immer bereit Neues zu lernen und mir die Zeit der Stille zu gönnen, die ich benötige.

Denn in der Stille, zwischen den Gedanken kann ich mich erneuern!

Ein paar Tipps zum Schluss

Zusammenfassend möchte ich noch einmal bekräftigen, dass es ganz wichtig ist während einer Krebskrankheit zu versuchen sein Energieniveau so hoch wie möglich zu halten.

Hierzu gehört neben einer ausgewogenen und gesunden Ernährung auch Freude und Spaß, Lachen und Heiterkeit. Ausreichend Schlaf und viele Begegnungen mit der Natur und Bewegung an der frischen Luft. Reines Wasser und in Maßen Sonne tanken runden meine guten Ratschläge für Sie ab.

Schenken Sie Ihrem Körper die Achtsamkeit, die er benötigt und er wird es Ihnen danken.

Und denken Sie immer daran: Sie heilen von innen heraus, und positive Gedanken und Einstellungen, Dankbarkeit und Liebe sind die besten Heiler und Begleiter in schwierigen Lebenssituationen.

Danke

Zusammenfassend könnte man dieses ganze Jahr als „einmal durch die Hölle und zurück" bezeichnen.

Ich bete in der Zeit im Krankenhaus täglich und bin dankbar, dass ich in eine so liebevolle und sorgende Familie hineingeboren wurde.

Jeden Tag sorgten und kümmerten sie sich um mich, egal wer es war, es war immer jemand da, es hat mich immer jemand aufgefangen und aufgemuntert.

Meine Eltern, nicht nur in der Klinik waren sie täglich für mich da, sondern auch während der ersten Chemos, als ich bei Ihnen zu Hause schlief.

Anne, die täglich in die Klinik kam und ein Jahr mit mir im Krankenhaus verbrachte. Ein Liebesdienst, für den jedes Wort zu klein ist.

Steffen, der mich jeden Morgen mit einer SMS weckte und sich nach meinem Befinden erkundigte und auch meist, wie telepathisch, sofort wieder da war, wenn ich aus einer Untersuchung kam. Außerdem wusste er alle Details und nächsten Schritte meiner Krankheit und war mir dadurch eine große Hilfe und sehr starke Unterstützung.

Mein Mann gab mir keinen Tag das Gefühl, dass ich schlecht aussähe und sprach mir, auch wenn es mir noch so schlecht ging, immer wieder Mut zu. Er besuchte mich täglich, meist zweimal im Krankenhaus, oft mit einer Leckerei, die er selbst gemacht hatte, frisch gepresster Karottensaft, Kalbstafelspitzbrühe … Und er hat zu mir gestanden, auch wenn wir viele schwierige Situationen meistern mussten. Es hat uns sehr zusammen geschweißt. Was er nur konnte, versuchte er, um mich aufzubauen und versüßte mir mit seiner guten Laune und seinem Humor den Tag. Er glaubte immer an mich und meine Gesundung, und das war mein größtes Geschenk!

Sabine, die mir in dieser Zeit immer wieder die Leichtigkeit des Seins vermittelte und dadurch eine große Hilfe war. Auch in brenzligen Situationen: An meiner Stimme hörte sie dann schon, dass etwas nicht gut gelaufen war und schaltete sich sofort ein und kümmerte sich darum!

Tante Maria, die sich täglich meldete, die auch immer auf dem Laufenden war und alle Informationen, wenn mal wieder einen neue Behandlung gemacht wurde, aus dem Internet fischte und somit immer informiert und ein guter Ratgeber war, eine große Umarmung dafür.

Nicht nur die Familie, sondern ebenso meine Freunde waren immer für mich da. Sowohl in der Zeit im Krankenhaus als auch danach. Meine Freundin Christiane, die immer alles für mich nachlas und den Freiburger Ärztefreunden mit immer neuen Fragen die Zeit raubte. Petra, die mir täglich eine Mail mit einer kleinen Aufmunterung schickte.

Yvonne, die sich auch täglich meldete und mir Mut zusprach, und wenn es mir noch so schlecht ging. Das kleine selbstgebastelte Engelskästchen, in das ich all meine Sorgen legen durfte, verwahre ich noch heute auf meinem Nachttisch. Mikel half in jeder Situation. Besuchte mich in der Klinik, auch in der Uni, mal abends nach einem Lehrgang und munterte mich auf, befragte bei jedem meiner Wehwehchen sofort Dr. GOOGLE und ging auch mit mir meinen Ärztebrief durch. Sogar die Fäden nach der Port-OP hat er mir bei sich auf der Couch gezogen ...

Erich und Roswitha, die mich sehr oft besuchten, die Schlafanzüge erinnern mich noch heute an die Zeit in Offenbach und eine Begebenheit ist mir auch noch sehr präsent und dafür ein großes Danke, als Roswitha in die Uniklinik kam. Eigentlich wollte ich gar keinen Besuch, da es mir ja so schlecht ging und dann half Roswitha mir zusammen mit Anne noch auf den Toilettenstuhl ...

Erich schickte mir immer Bilder vom Skifahren und schrieb dazu: „Nächstes Jahr bist Du auch wieder dabei, da bin ich mir ganz sicher." Ich glaubte ihm und war so froh, dass er an mich glaubte und mir diese Kraft schenkte, um weitergehen zu können.

Es war eine harte Zeit, aber auch eine Zeit, in der ich so viel Liebe und Zuneigung erfahren durfte.

Danke an meine Ärzte und Professoren, die mich nicht aufgegeben haben und mir immer wieder Mut zugesprochen haben. Mich in vielen Gesprächen aufgeklärt haben und immer für alle Fragen ein offenes Ohr hatten. Und vor allem hatten sie die fachliche Kompetenz und das Interesse, diese zu meiner Gesundung einzusetzen!

Dankbar bin ich täglich für meine Familie und meinen Freundeskreis. Danke für die guten Gedanken und positiven Energien, die aufmunternden Worte und die Lebenszeit, die Ihr alle für mich geopfert habt.